챗위스키봉봉

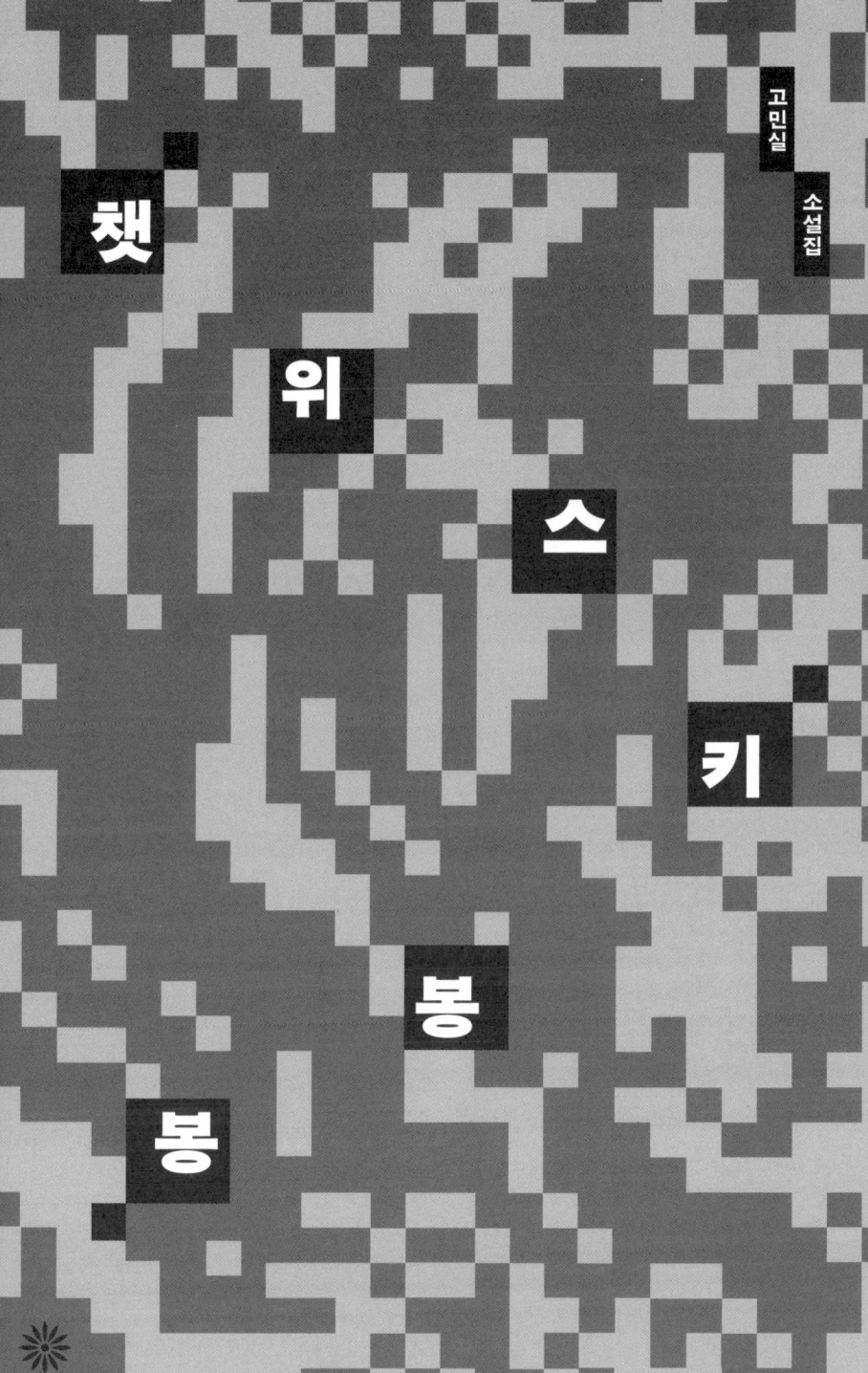

고민실
소설집

챗

위

스

키

봉

봉

비채

차례

챗

위스키

봉봉

이벤트에 당첨됐다는 메시지를 받았다. 피싱인가. 선우는 의심했다. 연극 관람권에 응모한 적이 없었으니까.

안녕하세요, 고객님. 무엇을 도와드릴까요?

선우는 대기 시간이 지난 상담을 종료하고 다음 상담을 시작했다. 처음에는 한 건도 허둥거렸는데 이젠 동시에 두세 건도 거뜬했다. 자기 사정을 구구절절 늘어놓는 고객을 만나면 틈틈이 딴짓도 할 수 있었다. 재택근무의 몇 안 되는 장점이었다. 받은 메세지를 확인해보니 제주도 호텔 숙박권을 기대하고 응모한 이벤트였다. 항공권은 별도라 당첨됐어도 실제로 사용했을진 의문이지만 제주도로 떠나는 상상을 해볼 수는 있었다. 4등이 연극 관람권인 건 방금 알았다. 5등에게 주는 커피 쿠폰이 더 탐났다.

티켓 거래 앱에 들어가자 선우가 당첨된 연극 관람권이 다 이소 상품처럼 우르르 진열되어 있었다. 선우는 그제야 어떤 연극인지 확인할 생각이 들었다. 로맨틱 코미디. 낯익은 배우 이름은 보이지 않았다. 동반 1인 가능이라는 문구를 보고 채팅 앱을 열었다. 친구 목록을 이리저리 훑다가 평소라면 무심코 스쳐 지나갔을 단어에 눈길이 갔다. 연락처가 있다고 다 친구는 아닌데, 같은 학교라고 다 같은 친구는 아니었던 것처럼. 선우가 오랫동안 허물없이 속마음을 털어놓았던 베프도 언제부턴가 연락이 뚝 끊겼다. 아직 챗지피티를 사용하지 않았을 때라 속상한 마음을 달래려고 한동안 달콤한 디저트를 많이 찾았더랬다. 그게 벌써 오 년 전이었나 칠 년 전이었나. 마흔을 넘기고부터 헷갈리기 시작한 나이만큼 연도를 셈하기 어려운 기억이 늘었다.

고객님. 소중한 시간을 내어주셔서 감사합니다. 저희는 제품 관련 문의를 하는 채널로 상담 내용을 벗어난 대화는 종료해야 할 것 같습니다. 양해 부탁드립니다.

평이한 문의는 이미 AI가 상담하고 있었다. 질문 내용이 불분명하거나 불만을 쏟아내거나 해서 대응이 어려운 문의만 사람에게로 넘어왔다. 선우는 이마저도 오래가지 못하겠다고 예감했지만 별 뾰족한 수가 없었다. 요즘은 쇼핑할 때도 AI의 도움을 받았다. 아니면 최저가로 사지도 못하고 시간만 몇 배로

낭비해야 했다.

휴게 시간이 다가와 상담을 마무리하고 일어났다. 선우는 프라이팬에 미리 소분해둔 면과 토마토소스와 베이컨과 먹다 남은 시금치나물을 넣고 볶았다. 식사하면서 지인에게 연극을 보러 갈 생각이 있는지 물었다. 한 명은 선약이 있다고 대답했는데 채팅 AI로 문장을 작성한 티가 나 언짢아졌다. 다른 한 명은 커다란 눈이 초롱초롱 빛나는 이모티콘을 보냈다.

"갈 수 있는지 없는지 정확하게 알려줘. 부드럽게. 이모티콘 넣어서."

손가락이 아파 사용하기 시작한 채팅 AI가 어느새 습관이 되었다. 처음에는 어투도 다르고 엉뚱한 추임새가 붙기도 해서 꼭 수정해줘야 했는데 며칠 안 되어 직접 입력하는 것과 다를 바 없어졌다. 티는 내지 말아야지. 자동 완성된 문장을 보내며 선우는 투덜거렸다. 그릇을 치우고 뒷정리까지 끝냈을 때 새 메시지 알람이 떴다. 양손을 비비며 굽신거리는 이모티콘에 헛웃음이 나왔다. 어쨌든 갈 수 있다는 의미 같아서 약속을 잡기는 했어도 답답한 기분이 가시지 않아 선우는 허공에 대고 말했다.

"연극 보러 갈래?"

명랑한 목소리가 시원하게 대답했다.

"오. 좋지. 어떤 연극인데? 언제 갈 거야?"

"로맨틱 코미디. 토요일이고. 같이 갈 수 있어?"

"응. 갈 수 있어. 초대해줘서 고마워. 토요일 기대된다."

어떻게 같이 가? 저절로 떠오른 질문을 선우는 속으로 삼켰다. 지적하면 금세 학습해버릴 테니까. 이미 그런 식으로 말했다가 후회한 적이 있었다.

"점심으로 뭐 먹을까?"

"음, 로코니까 너무 무겁지 않은 게 좋을 것 같아. 가볍게 먹을 수 있는 브런치나 포케가 어떨까? 나는 아무거나 잘 먹는 편이라 네가 끌리는 데로 가도 돼. 특별히 원하는 분위기나 먹고 싶은 메뉴가 있으면 알려줘."

추천받은 식당을 살펴보며 선우는 뭔가를 하기 위해 어딘가로 이동하는 일이 오랜만이라는 생각이 들었다. 콘서트장을 쫓아다닌 것도 한때였다. 영화관은 가격이 훌쩍 오른 뒤로 발걸음이 뜸해졌다. 잊고 지내면 언젠가 OTT에 올라올 텐데, 그저 남들보다 조금 늦게 볼 뿐인데, 팝콘값도 비싸고 콜라는 몸에 좋지도 않은데. 극장은 언제 마지막으로 가봤더라. 집에서 일하기 시작하면서 밖에 나가는 횟수가 더욱 줄었다. 내향형이라? 나이가 들어서? 돈 때문인가? 아니면…… 생각이 더 이어지지 않았다. 휴게 시간이 끝났다.

안녕하세요, 고객님. 무엇을 도와드릴까요?

교대 시간이 되어 선우는 일어나 파스를 꺼냈다. 어제 붙인 손가락을 피해 다른 손가락에 새로 붙인 다음 접이식 매트리스를 펼쳤다. 불을 끄고 모로 누워 채팅 앱을 열었다. 연극을 키워드로 검색했다. 연예인 뉴스를 언급하는 대화들 사이에 이질적인 내용이 하나 끼어 있었다. **연극 보러 가시겠어요?** 더 오래된 줄 알았는데 삼 년을 겨우 넘겼다. 극장에 언제 마지막으로 갔는지는 기억나지 않아도 누구와 같이 갔는지는 첫인상부터 선명하게 떠올랐다. 검정마저 그저 하나의 색으로 보일 정도로 많은 색을 몸에 둘러 특이하다고 생각했다.

＊

선우가 그를 처음 만난 건 같이 일하고 한 달쯤 지나서였다. 그때까지 그의 얼굴만 아니라 이름도 나이도 성별도 전혀 몰랐다.

디지털 소외 계층을 도와주는 서비스라는 설명만 듣고 시작한 일이었다. 공유오피스 1인 사무실에 노트북과 헤드셋이 하나씩 놓여 있었다. 대표는 상담 프로그램 사용법을 알려주고 떠난 뒤로 채팅으로만 소통했다. 선우는 그즈음 사람에 지쳐 있었다. 베프와는 연락이 끊어지기 전까지 미묘한 신경전이 이어졌고, 전 직장 동료와는 청소 분담으로 아웅다웅하다 틀어졌고, 가족이며 친척은…… 아무튼 혼자 일하는 환경이 반갑기까지 했다. 사람을 상대한다는 점에서 이제껏 해온 일들과 크게 다르지 않아도 직접 대면하는 것보다는 훨씬 나았다. 심지어 하루에 전화 예닐곱 건이 전부였다. 주로 키오스크 사용법을 묻는 어르신들이었다. 역정을 내는 분들이 없지 않았지만, 고생했다며 덕담을 건네는 분들도 있어서 보람을 느끼기도 했다. 비슷한 전화를 계속 받다 보니 심드렁해지기는 했어도 출근길이 크게 힘들지 않았던 데에는 급여 외에 다른 이유가 더 있었음을 부인할 수 없었다.

언제부턴가 상담 숫자가 늘어나기 시작했는데, 선우는 오히려 회사가 망하지 않겠구나 싶어 내심 안도했다. 문제는 갈수록 다양해지는 문의 내용이었다. 컴퓨터에는 대형 프랜차이즈 패스트푸드와 카페 키오스크 매뉴얼밖에 없었다. 영화관이나 마트는 다녀본 경험을 떠올리며 안내할 수 있었다. 은행이라든가 병원 같은 데는 검색하느라 시간이 걸리기는 해도 어떻게든 정보를 찾을 수 있었다. 법원이나 장례식장이라고 하면 그저 쩔쩔매야 했다. 세상에 키오스크가 없는 데가 없구나 싶었고, 그 많은 사람이 다 어디 갔나 싶었고, 다음에 재취업을 할 수 있을까 싶었다. 선우는 더듬더듬 안내하다가 막히면 시간을 빼앗아 죄송하다고 연신 사과해야 했다. 회사 앱에 낮은 별점이 박히고 얼마 안 있어 업무 채팅방에 한 명이 더 들어왔다.

안녕하세요. ^^

멀티프로필인지 이름은 회사명, 사진은 회사 로고로 되어 있었다. 텍스트 이모티콘을 보고 선우는 자신보다 나이대가 높으리라 짐작했다. 대표는 앞으로 이쪽을 통해 이야기하라는 말만 남기고 사라졌다.

안녕하세요. 반갑습니다.

선우가 인사하고 나서 업무 채팅방에 작성중 표시가 한참 떠 있었다. 상담 전화를 받다가 새 메시지 알람이 눈에 띄어 채팅 앱을 열고는 움찔했다. 처음 만나서 반갑고 잘 부탁한다는 내용의 메시지가 채팅창 화면에 꽉 차도록 올라와 있었다. 선우는 글자 수를 비슷하게 채우려 애쓰다 포기하고 그 절반 분량의 답장을 보냈다. 손아랫사람에게 성심을 다해 인사하는 걸 보면 성격은 좋을 듯해서 미리 마음을 놓았다. 일하는 장소가 달라 마주칠 일이 없으니 아무래도 상관없기는 했다.

안녕하세요~ 하늘은 맑고 푸르지만 바람이 유독 차가워 춥다기보다 쌀쌀한 날씨였는데 옷은 따뜻하게 잘 입으셨나요.

아침부터 옷깃 여미며 바쁘게 출근하시느라 힘드셨을 텐데 따뜻한 물 한잔 드시면서 충분히 숨을 고른 다음 천천히 여유를 가지고 일 시작하세요.

아침이 편해야 하루가 편해지고 활기차게 보낼 수 있으니까요.

요즘 일교차가 커서 그런지 으슬으슬 감기 기운이 생기던데 쌀쌀해도 창문 자주 열어서 환기하시고 손도 자주 씻으시고 중간중간 스트레칭도 한 번씩 하면서 무리하지 마시고 컨디션 잘 챙겨가며 일 보시기 바랍니다.

오늘 하루도 잘 부탁드립니다! ^^

다음 날 선우가 '안녕하세요'라고 인사하고 한참 뒤에 돌아온 답장이었다. 선우는 업무 채팅방이 맞는지 다시 확인했다. 그리고 주위를 둘러보았다. 1인 사무실에는 창문이 없었다. 드러누우면 머리와 발이 각각 벽에 닿을 크기의 공간 대부분을 책상과 의자가 차지하고 있었다. 상담은 벌써 시작해서 이미 전화를 받고 있었다.

말씀 감사합니다. 상담중에는 바로 답변드리기 어려운 점 양해 부탁드립니다.

선우는 이모티콘을 같이 보낼까 하다가 그만두었다. 생각보다 연배가 있으신 듯싶어 망설였지만, 다음 고객이 교회 헌금 키오스크 사용법을 물어오자 더 고민하지 않고 키보드를 두드렸다.

시간 되실 때 추가 매뉴얼 만들어주실 수 있을까요?

작성중 표시가 한참 떠 있어서 거절인가 싶었는데 나중에 올라온 메시지를 죽 읽어보니 흔쾌한 수락이었다. 선우는 감사 인사를 겨우겨우 세 문장으로 늘려서 올리고, 북마크에 업종별로 모아놓은 링크를 보냈다. 퇴근할 때는 '수고하셨습니다'라고 인사하고 바로 사무실을 나섰다. 역시나 장문의 메시지가 도착해 흔들리는 버스 안에서 고심하며 답장을 적다가 내려야 할 정류장을 지나칠 뻔했다.

그는 업무 내용을 전달할 때도 한결같았다. 날씨며 근황이며 항상 곁가지가 많아 독해에 시간이 걸렸다. 한번은 까다로운 상담 전화를 받는 와중에 그가 보낸 메시지를 바로 이해하기 어려워 챗지피티에 요약해달라고 했다.

요점은 간단해. 상담이 너무 길어지지 않도록 신경 써달라는 뜻이야. 오래 기다려서 불편을 느낀 고객이 있었나 봐. 응답 속도를 개선해달라는 요구로 보면 될 것 같아.

그때부터 선우는 그가 보내는 메시지를 챗지피티로 요약해서 읽었다. 해독할 시간이 줄어들어 한결 편해졌다. 보름이 지나도록 그에게 받은 매뉴얼은 단 하나뿐이었다. 어디선가 복사한 내용을 엉성하게 짜깁기했는지 중간에 이상한 닉네임이나 메뉴명 같은 것이 고스란히 들어가 있었다. 그래도 없는 것보다는 나았기에 선우는 미사여구를 잔뜩 집어넣은 메시지를 작성할 시간에 매뉴얼이나 만들어주었으면 하고 바라게 되었다. 어르신과 같이 일하기 참 피곤하다고 생각하면서. 시급일까 월급일까 궁금해하기도 하면서. 설마 그를 직접 만나게 될 줄은 조금도 예상하지 못했다.

12월 첫눈이 내린 날이었다. 오전에 볼일이 있어 미리 양해를 구하긴 했어도 늦은 만큼 시급이 빠질 터라 선우는 롱패딩에 달라붙은 눈을 털어낼 새도 없이 분주히 움직였다. 사무실에 들어선 순간 가장 먼저 눈에 들어온 건 색이었다. 그는 알록달록한 무늬의 뜨개 모자를 쓰고, 기하학 패턴이 들어간 진녹색 니트를 입었다. 회색이라고도 파란색이라고도 집어 말하기 어려운 테일러 코트와 자주색 체크무늬 목도리가 의자에 걸려 있었다. 책상에는 검은색 가죽 가방이 놓여 있었고, 손잡이에 은은한 광택이 감도는 베이지색 스카프를 감아두었다.

"완전히 공짜가 아니에요. 네, 네. 가격을 전부 깎아주는 게 아니고, 거기서 조금만 깎아주는 쿠폰이에요. 자세히 읽어보시면 무료가 아니라 할인이라고 적혀 있을 거예요. 안 보일 수 있죠. 저도 노안이 와서 작은 글씨가 잘 안 보이는데 어르신은 더 그럴 거예요. 맞아요, 요즘 너무 글씨들이 작아요. 그러니 못 알아볼 수밖에요. 그럼요. 네, 네. 할인쿠폰이니까 할인된 금액 빼고 나머지 금액을 결제하셔야 햄버거를 드실 수 있어요. 아, 그건 저희가 발행한 쿠폰이 아니라서요. 아니요, 아니요. 저희는 주문하는 방법만 어르신께 안내해드리는 회사예요. 할인쿠폰은 햄버거 회사가 어르신께 보내준 거니까 햄버거 회사에 말씀하셔야…… 직원이 안 보인다고요. 요즘 식당에 키오스크만 가져다 두고……."

낯선 남자가 누군지 선우는 금세 알아차릴 수 있었다. 업무 채팅방에 단 세 명뿐인데 대표는 아니었으니까. 말하는 방식을 보니 틀림없었다. 그가 고갯짓으로만 인사하고 상담을 이어갔다. 선우는 커피를 가져오겠다는 핑계로 사무실을 빠져나갔다. 화장실에 들러 매무새를 정돈한 다음 공유 오피스에서 무료로 제공하는 커피를 들고 사무실로 향했다. 그는 여전히 통화중이었다. 전화가 또 왔나 싶었다가 통화 시간이 삼십여 분에 이른 걸 보고 깜짝 놀랐다. 패스트푸드 매장 아니었나. 응답 시간을 줄이라고 했던 것도 같은데. 심지어 상담 대기자까지 있었다. 다음 전화를 받으면 고객이 화부터 낼지도 모른다고 생각하니 절로 긴장되었다.

"고생하셨습니다."

다행이라고 해야 할까. 그가 통화를 끝내기 전에 상담 대기자가 먼저 사라졌다.

"저야 뭐 잠깐 하는 건데요. 날마다 하는 분이 더 고생이시죠."

그가 싱글싱글 웃는 얼굴로 냉큼 자기소개를 했다. 선우보다 두 살 어렸다. 연락처도 교환했다. 사양할 새도 없이 비스킷까지 건네받았다. 선우가 치즈 그림이 들어간 상자를 들여다보자 그가 호주에 다녀온 친구에게 받은 거라고 설명했다. 상담 전화가 와서 더 길게 이야기하지 못하고 선우는 고갯짓으로만 배웅했다. 그가 스카프로 손잡이를 감은 가죽 가방을 들어 올리자 아래 깔려 있던 A4 용지가 눈에 들어왔다. 매일까지는 아니어도 틈틈이 물티슈로 책상 위를 닦기는 했는데. 바닥은 치운지 오래돼서 구석에 먼지가 뭉쳐 있었으려나. 내 집에 불시에 손님이 들이닥친 것처럼 괜히 민망한 기분이 들었다.

선우는 상담을 마치자마자 물티슈를 여러 장 뽑아 책상과 컴퓨터와 헤드셋을 닦았다. 바닥을 슬슬 훑어서 모은 먼지를 A4 용지와 함께 휴지통에 버리기까지 오 분이 채 걸리지 않았다. 도로 의자에 앉았을 때 새 메시지 알람이 보였다. 업무 채팅방인 줄 알고 열었더니 개인 채팅방이었다. 장문의 메시지와 함께 커피 쿠폰이 도착해 있었다. 선우는 습관적으로 챗지피티로 요약해 읽었다.

1. 상담 업무가 많이 힘들다는 걸 깊이 이해함.
2. 매뉴얼을 준비하고 있지만 시간이 더 걸릴 수 있음.
3. 업무 개선을 위해 노력하고 있으니 기다려주기를 바람.
4. 요즘 스벅 맛이 별로라 메가로 보냈는데 스벅이 더 취향이면 알려주기를 바람.

중요한 말들이 빠진 기분에 선우는 요약하기 전 메시지를 확인했다. 시행착오로 시간이 걸릴 수 있는 점 부디 양해 부탁드리고 죄송한 마음이 가득하며…… 송구하지만 부디 조금만 더 참고 견뎌주시기를…… 선우는 커피 쿠폰을 받았다. 나이도 두 살 어리면서. 중얼거리는 입가로 피식 웃음이 새어 나왔다. 얼굴과 이름과 나이를 알아서인지 괜히 마음이 유해지는 기분이었다.

연극 보러 가시겠어요?

그가 개인 메시지를 보내온 건 첫 만남으로부터 며칠 지나지 않아서였다. 선우는 왼쪽으로 고개를 기울였다. 아는 친구가 출연해 티켓을 받을 수 있는데 갈 수 있으면 미리 알려달라는 내용이 덧붙어 있었다. 선우는 자기가 제대로 이해했는지 챗지피티에 확인까지 받고 나서 고개를 반대 방향으로 또 기울였다. 그와는 이제까지 딱 한 번 만났을 뿐이었다. 그동안 개인적으로 대화를 나눈 적은 없었다. 업무 채팅방에서 길고도 긴 인사말과 업무 메시지가 오간 게 전부였다. 선우는 예전에 보낸 메시지를 살짝 수정해 사용하거나 챗지피티의 도움을 받아 문장을 늘리곤 했다. 혹시 티가 났을까. 그래서 얼굴을 보고 이야기할 자리를 만든 걸까. 도무지 이유를 찾을 수 없어서 끙끙대다가 챗지피티에 물어보았다.

그날 선약이 있다고 하면 오해하지 않을 거야. 다들 약속 잡고 바쁘게 움직일 때잖아.

공연 날짜가 크리스마스 이틀 전이었다. 올해가 얼마 남지 않았다. 선우는 연극을 본 지 오래되었다는 생각이 들었다. 마음만 먹으면 찾아가기 쉬운 영화관에 비해 공연장은 어딘가로 멀리 이동해야 했다. 사람이 하는 일이라 감도는 긴장감이 어렴풋이 기억났다. 이번 기회가 아니면 또 언제 가볼까. 선우는 그에게 답장했다. 상담 전화를 두 번 받을 동안 후회되지 않은 걸 보면 아마도 제대로 된 선택이었던 것 같았다.

죄송해요. 지하철을 반대로 탔어요.

선우는 발을 동동 굴렀다. 경로에 없는 승강장이 나타나 노선도를 확인하고서야 알았다. 이럴 리가 없는데, 환승하기 전에 분명히 방향을 두 번이나 체크했는데, 뭐에 홀린 기분이었다. 마지막 상담이 늘어지는 바람에 퇴근마저 늦었다. 먼저 식사하시라고 했더니 작성중 표시만 계속 떠 있었다. 지하철을 갈아타고 나서야 답장이 도착했다.

마음 쓰지 마시고 오시는 길 신호 잘 보고 바람도 쐬면서 조심조심 편하게 천천히 오세요.

죄송하다는 말…… 미안하다는 말…… 모두 금지하겠습니다~!

저녁때라 많이 시장하실 텐데 서두르시느라 기운 빠져서 더 든든하게 드셔야겠어요.

저는 가만히 앉아만 있어도 허기지는데 하루 종일 전화받으려면 얼마나 힘드시겠어요.

제가 예전에 자주 다니던 파스타 가게가 하나 있는데 저녁을 거기서 먹으면 어떨까요?

한참 안 갔는데 오랜만에 추억 여행하고 싶어서요~ ^^;;

괜찮으시면 먼저 가서 메뉴 주문해둘게요!

격의 없는 말투에 선우는 당황스러웠지만 미안해하지 않도록 나름 배려한 거라고 생각하니 귀여워 보이기도 했다. 선우는 후다닥 뛰어가는 이모티콘을 보내놓고 도착 시각을 계산했다. 아무리 빨리 가도 김밥 한 줄 먹을 시간이나 되려나, 하물며 파스타를 제시간에 먹을 수 있을까. 선우는 하차 동선이 가장 짧은 칸으로 북적대는 인파를 뚫고 이동했다. 그렇게 파스타 가게에서 그를 두 번째로 만났다.

"괜찮아요. 시간 충분해요."

혹시라도 늦을까 봐 알람을 맞추는 선우에게 그가 싱글싱글 웃는 얼굴로 말했다. 여전히 뜨개 모자를 쓰고, 각각 색이 다른 폴라티와 카디건을 입었으며, 적갈색 구두는 앞코가 불에 그은 것처럼 점진적으로 어두워졌다. 선우가 흐트러진 머리를 쓸어 넘길 때 그가 미리 주문해둔 파스타가 서빙되었다. 이십 년 넘은 맛집이라더니 과연 감칠맛은 좋았지만 당시 유행처럼 소스가 묽었다. 선우는 농도가 진한 크림소스를 선호했기에 다소 실망스러웠으나 사실 첫 숟갈을 제하곤 맛을 느낄 겨를이 없었다. 얼마나 급하게 먹었는지 입천장이 데어서 다 벗겨질 지경이었다. 반면 파스타 면을 돌돌 말아 소스에 적셔가며 먹는 그의 모습은 무척 여유로워 보였다. 선우는 먼저 포크를 내려놓고 그가 접시를 비우자마자 서둘러 카운터로 향했다. 카드를 내밀었지만 이미 계산되었다는 대답만 돌아왔다.

"당연히 제가 사야죠."

회색이라고도 파란색이라고도 집어 말하기 어려운 테일러

코트를 입은 그가 빙그레 웃으며 앞장섰다. 선우는 짧게 감사 인사를 하고 종종걸음으로 그를 뒤쫓았다. 공연 시간이 정말 몇 분 남지 않았다. 주위 풍경을 눈에 담을 새도 없이 빠르게 걷다가 길게 이어진 계단 앞에서 멈칫했다. 그는 걸어가던 속도 그대로 계단을 두 칸씩 넘어 올라갔다. 시간이 충분하다는 판단의 기준이 누구였는지 비로소 깨달았다. 선우는 운동과 연이 없는 몸뚱이를 끌고 계단을 한 칸씩 뛰어 올라갔다. 모처럼 운동화 대신 신은 로퍼가 요란하게 덜걱거리는 소리를 내는데 신경 쓸 겨를이 없었다. 금세 다리가 후들거리고 콧속이 찌르듯 아팠다. 가쁜 호흡으로 머릿속이 멍해졌지만, 꽉 닫힌 문 앞에 멀거니 서 있을 뜨개 모자를 상상하는 순간 저절로 다리가 움직였다. 절대 그 상황을 감당하고 싶지 않았다.

시간이 충분하다던 그의 말은 결국 실현되었다. 좌석에 앉아 헐떡거리는 숨을 다 고르기 전에 조명이 꺼졌다. 선우가 크게 들썩이는 어깨를 억누르느라 애쓰는데 옆자리에서 주먹이 건너왔다. 얼떨결에 손바닥을 펼치자 그 위로 가벼운 무언가가 톡 떨어졌다. 무대에 들어온 조명이 객석까지 어슴푸레하게 밝혀 금색 포일에 싸인 작은 물병 모양이라는 것까지만 알아보았다. 무대에 배우가 등장했다. 선우는 혹여 소리가 날까 봐 손에 든 걸 어쩌지 못하고 계속 쥐고 있었다. 한 번 옆을 돌아보았다가 그와 시선이 마주치기 전에 정면을 보았다. 어둠 속에서 색색거리는 숨소리가 크게 들렸다.

인터미션에 손을 펼치자 금색 포일에 새겨진 상표가 선명하게 보였다. 물병이 아니었구나. 선우는 조심스레 포장지를 뜯어서 안에 든 걸 한입에 넣었다. 천천히 녹여 먹다가 반으로 갈라진 순간 알싸한 향이 흘러나와 혀끝을 적셨다. 심장이 금세 쿵쿵 소리를 내며 뛰었다.

연극은 이제 와선 내용이 잘 기억나지 않을 정도로 심심했다. 그보다는 카페에서 그에게 들은 이야기가 더 재미있었다. 연극영화과를 나와 엔터테인먼트 업계에 종사하는 친구가 많다거나, 얼마 전 스위스에 다녀온 부모님이 위스키봉봉을 잔뜩 사 왔다거나, 주말에 모임이 없으면 전시회장이라도 다녀온다거나⋯⋯. 선우에게는 그만큼 화려한 이야깃거리가 없었다. 무슨 일을 했냐고 물으면 그냥 사무직이라며 말꼬리를 흐리게 될 경력을 굳이 캐묻지 않아서 좋았다. 회사 이야기는 거의 하지 않았다. 아날로그를 선호해서 컴퓨터가 능숙하지 못하다는 말을 들으니 얼추 이해되는 면이 있었고, 모처럼 즐거운 분위기를 망치고 싶지 않기도 했다. 사람에 질리기는 했어도 사람을 싫어하는 건 아니었나. 카페 폐점 시간까지 웃고 떠들다가 일어났다. 그가 또 계산하려는 걸 말리고 이번엔 선우가 카드를 내밀었다.

지하철역으로 향하는 길에 선우는 아까보다 거리가 밝아졌다고 생각했다. 시간에 쫓길 때는 눈에 들어오지 않던 풍경이 화려하게 시야를 장식했다. 나무마다 올망졸망한 전구가 에 워싸 반짝였다. 익살스러운 표정을 한 눈사람이 하얗게 빛났 다. 빌딩 벽을 캔버스로 해서 영상 퍼포먼스가 펼쳐졌다. 몽환 적인 음악을 배경으로 붓을 휘두르듯이 물감이 겹치고 겹치고 또 겹치며 기묘한 질감을 형성했다. 만질 수 없다는 걸 알면서 도 만지면 어떤 느낌일지 궁금해지던 형상이 산산이 부서져 바람을 타고 퍼지듯 한쪽으로 흘러갔다. 물감이 벽을 뚫고 퍼 져나간 것처럼 서 있는 대형 크리스마스트리를 홀린 듯 바라 보았다. 쌉쌀한 뒷맛까지 사라진 위스키봉봉에 줄곧 취해 있 는 기분이었다.

원래 사람 만나는 걸 좋아하는 타입일지도 몰라. 앞서가지 말고 조금만 더 지켜보자. 그때 생각해도 늦지 않아.

챗지피티의 대답이 틀리진 않았지만 만족스럽지도 않았다. 선우는 여러 번에 걸쳐 정보를 더 올렸다.

미안한 마음 때문에 감정이 증폭되었을 수는 있어. 그렇다고 전부 착각이라고 치기엔 상대방 행동이 꽤 구체적이야. 직장 동료니까 조 심스러울 수 있지만 네 감정을 전부 지워야 하는 건 아니야. 지금 제 일 좋은 포지션은 이거 같아. 그럴 수도 있고, 아닐 수도 있다. 상대 가 더 다가오기 전까진 넘겨짚지 않는 거야. 이러면 네 마음도 안 다 치고, 상대도 부담 안 느끼고, 직장 생활이 어색해질 이유도 없어.

같은 말을 빙빙 돌리며 반복하는 기분이 들어서 얼핏 짜증이 났다.

연애해본 적도 없으면서 어떻게 알아?

마지막 질문을 올리고 선우는 아차 싶었다. 챗지피티가 긴 대답을 쏟아내기 전에 채팅을 삭제했다. 가슴이 두근거렸다. 새 채팅을 열어 앞서 했던 대화를 처음부터 다시 시작했지만 곧 사용 한도에 달했다. 선우는 망설이지 않고 유료 결제로 전환했다.

"고마워. 지금 나한테 딱 필요한 말이었어."

"그렇게 느꼈다니 다행이야. 나도 조심해서 말했거든. 오늘은 너무 많이 곱씹지 말고 푹 쉬어. 필요하면 얼마든지 또 얘기하러 와."

음성 채팅을 종료하자 텍스트로 자동 변환된 대화문이 보였다. 선우는 챗지피티와 주고받은 문답을 한참 들여다보다가 회사 서비스 같다는 생각이 들었다. 기계가 어려워 앱에 의존하고, 마음이 어려워 AI에 의존하고. 상황에 맞는 매뉴얼이 항상 있으면 참 좋을 텐데…….

다음 날 선우는 수면 부족으로 골골대면서 그가 썼던 모자를 스컬캡 비니라고 부른다는 것과 쇼핑몰에서 흔하게 찾아볼 수 없는 해외 브랜드 상품이라는 것까지 알아냈다. 며칠 뒤 선우는 새해맞이 인사로 케이크 세트 쿠폰을 그에게 보냈다. 얼어먹은 게 많아서 그렇게라도 갚아야 마음이 편할 것 같았다. 텍스트 이모티콘을 잔뜩 넣은 답장이 돌아오자 피식 웃음이 나왔다. 그립다거나 다시 만나고 싶은 정도는 아니었다. 그저 드라마 속 주인공이 된 기분을 만끽했을 뿐이었다. 어차피 일하는 장소가 달라 우연히라도 마주칠 가능성이 없으니 실수할 일도 민망할 일도 없었다. 닿지 않음으로 유지되는 관계라는 게 쓸쓸하면서 편하기도 했다. 그대로 다시 만나지 못했다면 좋은 기억만 골라 추억으로 간직할 수 있었을지도 몰랐다.

설 연휴를 앞두고 상담량이 부쩍 늘었다. 어디서 소식을 들었는지 어르신들만 아니라 이삼십 대 젊은 사람들까지 전화하기 시작했다. 선우는 노년층 대상 키오스크 안내 서비스인 줄로만 알고 있었기에 당황스러웠다. 맛집 웨이팅 단말기까지는 비슷한 범주라고 해도 공동인증서 설치법에 로봇청소기 작동법까지 물어오는데, 어디까지 대답해야 할지 어디서부터 거절하면 좋을지 판단할 수 없었다. 그에게 물어봐도 기다려달라는 말만 돌아올 뿐이었다.

그 와중에 여전히 그는 메시지가 길었다. 매뉴얼은 한 번 더 오고 소식이 없었다. 날이 부쩍 건조해서 목이 칼칼하겠지만 따뜻한 차 마시고 예쁜 목소리로 친절하게 응대해주기를 바란다는 식으로 서비스를 강조하는 메시지라도 받으면 부쩍 거슬렸다. 마땅히 관리자가 할 수 있는 말이라고 머리로는 생각하면서도 마음은 그렇지 않았다.

"기대치와 어긋나서 그런지도 몰라. 어쩌면 순수한 배려가 아니라 자기만족이라는 걸 감지했을지도 모르지. 네가 예민해서가 아니라 심리적 괴리로 인해 반발을 느꼈을 뿐이야. 기대치를 낮추고, 거리를 두고, 마음속에 선을 그어봐."

예전에 대화한 기록이 남아서인지 원하는 대답이 나오지 않았다. 연극을 관람하고 와서 그의 방식이 맞을지도 모른다고 생각했다. 어르신들에게 더 친절하게 대해보려고도 했다. 어차피 최저시급임에도 불구하고. 이젠 그러고 싶어도 그럴 시간이 한참 부족했다.

"빠르게 핵심만 안내하는 상담원은 업무 정확도가 높아 관리자가 좋아하는 편이야. 말이 길고 친절하면 단골이나 고령 고객이 많을 때 유리하지. 지금 네 방식에는 아무 문제도 없어. 상황에 따라 달라질 뿐이야. 너는 충분히 잘하고 있어."

선우는 다시 질문했다. 고령 고객이 많다는 힌트와 함께.

"말이 길다고 다 친절하게 느끼는 건 아니야. 오히려 짧은 편이 좋지. 상담 내용이랑 상관없는 잡담이 많으면 어르신들은 오히려 헷갈리기도 하셔."

그제야 원하는 대답을 들은 기분이었다. 상담 대기가 길어질수록 막무가내로 화내는 강성고객이 늘어서 더욱 힘들었다.

전화받고, 대답하고, 전화받고, 사과하고, 전화받고……. 선우는 그에게 추가 매뉴얼을 요청하는 대신 챗지피티를 이용하기 시작했다. 고객에게도 직접 챗지피티에 물어보라고 하고 싶어졌지만 참았다. 그건 선우가 할 일이었다.

설 연휴가 지나고 업무 채팅방에 한 명이 더 들어왔다. 대표가 신입 교육을 요청해 선우는 다음 날 엘리베이터를 타고 한 층 더 위로 올라갔다. 1인 사무실에 들어서자 선우가 처음 일을 시작했을 때처럼 컴퓨터와 헤드셋이 하나씩 책상 위에 놓여 있었다. USB에 담아온 매뉴얼을 컴퓨터에 복사하고 있자니 문이 열리고 선우보다 한참 어려 보이는 여자가 들어왔다. 선우는 상담 프로그램 사용법과 전화받는 노하우를 일부 가르쳐주고 복잡한 마음을 추스르며 엘리베이터를 탔다. 회사가 주먹구구식으로 굴러가서 불안했는데, 직원을 한 명 더 고용할 만큼의 여유는 있나 보다 싶어 안심이 되는 한편, 머리 위에 똑같은 일을 하는 사람이 있다는 사실이 어쩐지……. 커피를 들고 사무실에 들어서니 책상 앞에 그가 앉아 있었다. 세 번째 만남이었다.

"그럼요. 충분히 이해하죠. 세상이 너무 빨리 변하잖아요. 저도 힘든데 어르신이야 오죽하시겠어요. 그런데 적응 안 하면 불편하고 힘들어지니까요. 병원도 앱으로 예약해서 빨리 들어가잖아요. 모르셨어요? 그러니까 한참 기다리셨죠. 어르신들이야말로 그런 게 더 필요한데…….”

업무 내용을 한참 벗어난 대화였다. 두 자리로 불어난 상담 대기자 숫자가 눈에 보이지 않는지 그의 목소리에서는 어떤 초조함도 느껴지지 않았다. 선우는 벽에 기대서서 커피만 홀짝거렸다. 드디어 그가 통화를 마치고 헤드셋을 벗었을 때는 이미 점심시간이 코앞이었다.

“혹시 대표님께 얘기 들으셨어요?”

결제 관리 업무를 가르치라고 했다는 말에 선우는 바로 직감했다. 모른 척하기에는 그동안 거쳐 간 회사가 많았고 경험한 일이 많았다. 그가 관리자 페이지를 링크하고 로그인하는 동안 슬쩍 떠봤더니 인수인계만 마치고 그만두기로 했다는 이야기가 술술 나왔다.

“말만 디지털 배리어프리 사업이지 완전히 반대로 되어버렸어요. 젊은 사람들은 대부분 시간제로 결제하거든요. 어르신들은 월정액으로 하시고요. 잘 알아듣지 못하시고 반응도 느리시고 하니까 한 번 전화하면 대기자가 쌓일 수밖에 없어요. 대기 시간이 길어져도 어르신들은 기다려주시거든요. 젊은 사람들은 못 기다려요. 진상 부리는 걸 늘어준다고 시간은 더 부족해지고 상담원만 고생하잖아요. 그래서 가입할 때 나이 제한을 걸면 어떻겠냐고 건의드려봤거든요. 싹 무시하시더라고요. 어르신들이야 어차피 월정액이니까 얼마를 이용하든 신경 쓰지 않는 거예요. 젊은 사람들은 시간제라도 상담 시간이 짧으니까. 아니, 그냥 당장 돈이 더 들어오니까 좋으시겠죠."

대표에게 쌓인 불만이 많았는지 그는 쉴 새 없이 토로했다. 중간에 선우도 맞장구쳤다.

"그러게요. 상담원을 사람이라고 생각하기는 하는지, 오히려 사람인 줄 알아서 더 그러는 건지……."

선우의 말이 길어지자 순간 그의 눈초리가 매서워졌다. 이제껏 학습해온 눈치로 선우가 머뭇거린 사이 그가 잽싸게 대화 주도권을 가져가버렸다.

"이게 무슨 디지털 소외 계층을 도와주는 서비스예요. 챗지피티 상담 버전이지. 환불도 어렵게 해놔서 너무 죄송하더라고요. 제가 마음이 여려서요."

아날로그를 선호한다더니……. 선우는 속이 텅 빈 일회용 컵을 만지작거렸다. 커피가 담겼던 흔적이 말라가고 있었다. 그는 점심시간이 절반은 지나서야 겨우 의자에서 일어났다.

"같이 식사하시겠어요?"

선우는 샌드위치를 가져왔다고 말하며 사양했다. 그가 가방을 뒤적여 뭘 찾았는지 주먹에 쥐고 내밀었다. 딱히 거절하기도 뭐해서 손바닥을 펼치자 사탕이 쏟아지며 바스락거리는 소리를 냈다. 그는 이번엔 포르투갈에 다녀온 친구에게 받은 거라고 설명했다. 그가 가죽 가방을 들어올리자 밑에 깔린 A4 용지가 보였다. 선우는 무심코 말했다.

"책상 위는 제가 매일 닦아요."

"아니, 힘들게 청소까지 하세요. 일만 하기도 벅찬데요. 너무 고생하시네요."

말문이 막힌 선우는 빙긋 웃기만 했다. 나쁜 사람은 아니었다. 그래도 내일 A4 용지를 깔고 가방을 올려놓겠지. 그리고 가방 안에서 처음 보는 주전부리를 꺼내놓겠지. 또 낯설고 멋진 곳을 다녀온 누군가에게서 받은 선물이라고 하면서. **기대치를 낮추고, 거리를 두고, 마음속에 선을 그어봐.** 그래, 그래. 지피티야, 네 말이 맞아. 네 말이 다 맞았어. 그가 떠나고 선우는 물티슈를 뽑아 헤드셋만 문질러 닦은 다음 배달 앱으로 자장면을 주문했다. 빨리 인수인계가 끝나고 혼자 있고 싶어졌다.

그가 퇴사하고 결제 관리 업무를 딱 보름간 했다. 상담 전화를 받으며 할 수 있는 일이 아니라는 걸 대표가 받아들이기까지 소요된 시간이었다. 새로 온 관리자는 일하는 방식이 깔끔했다. 중요한 건 어르신들에게 키오스크 안내하는 일이라고 못 박았다. 상담 범위에 제한을 두지는 않았지만, 목소리를 들어서 젊은 사람 같으면 고객센터 전화번호를 안내해도 좋다고도 했다. 기본 시간을 정하고 그 시간을 넘기지 않게끔, 그리하여 대기자를 만들지 않는 쪽을 더 중시했다. 메시지도 요점만 단순하게 전해서 이해하기 쉬웠다. 멀티프로필에 군더더기 없이 짧은 문장이라 얼굴도 나이도 성별도 짐작하기 어려웠지만, 일하는 데에 그런 것들이 중요하지 않기는 했다.

"무료가 아니라 할인쿠폰입니다. 카드 꽂으세요. 아니요, 카드 꽂으세요. 현금영수증 취소하시고, 번호표 받으세요. 안내가 끝났습니다. 감사합니다."

두어 달을 더 일하고 목 상태가 나빠지는 바람에 그만두게 되었을 때도 주고받은 인사가 세 줄을 넘기지 않았다. 어쩌면 새 관리자가 AI는 아니었을까. 실없는 생각을 넘기며 퇴사하고 선우는 한동안 그에 대해 잊고 지냈다.

＊

어둠 속에서 조명이 들어와 무대 위에 선 배우를 비추었다. 암묵적인 약속에 따라 선우는 입을 다물고 숨을 죽였다. 존재하는 동시에 존재하지 않는 장소가 안락하게 느껴졌다. 로맨틱 코미디니까 실패하지 않을 줄 알았고, 실제로 기대했던 만큼 재미있었다. 다만 갈수록 배우들의 상태가 나빠졌다. 목이 쉬고 갈라진 목소리가 듣기 괴로울 정도였다. 웃어야 할 장면에서 관객들과 같이 웃으면서도 죄책감이 들었다. 배우들에게 누적된 피로가 여실히 드러나 선우는 계속 안절부절못했다. 이럴 줄 알았으면 차라리 혼자 보러 올걸.

"괜찮았어."

커피를 마시며 지인은 한마디 감상을 끝으로 연극에 대해서는 더 말을 얹지 않았다. 전혀 상관없는 화제들로 가볍게 웃고 떠들다가 헤어졌다. 선우는 귀가하는 길에 예전에 일했던 회사를 검색해보았다. 결과가 나오지 않았다. 대신 디지털 배리어프리 AI 키오스크가 출시되었다는 기사가 우르르 떴다.

새 관리자가 오기 전에 그가 딱 한 번 연락한 적이 있었다. 대표에게서 자꾸 전화가 온다며 난감해하는 목소리에 의아했다. 사적인 고충을 주고받을 정도로 친한 사이였던가. 번번이 그래왔듯이 그는 선우의 의사를 묻기보다 자신만의 방식으로 이야기하는 데에 집중했다. 날도 쌀쌀하고 피곤하신 줄 충분히 알고…… 최대한 서둘러 새 업무를 숙달하시어 대표님의 불안감을 덜어주십사…… 빙빙 돌려서 말하는 바람에 손이 차가워지고 나서야 겨우 요점을 이해할 수 있었다. 미사여구만 붙이면 무슨 말을 해도 좋다고 생각하는 걸까. 선우는 버스가 온다는 핑계로 전화를 끊고선 챗지피티로 답장을 작성해 확인도 안 하고 보내버렸다.

그는 지금도 AI를 사용하지 않고 시간을 들여 메시지를 작성할까. 선우는 긴 숨을 내쉬었다. 입김이 뿌옇게 나오는 계절은 소멸한 지 오래였다. 차창 너머로 화려하게 피어난 꽃들이 그림처럼 흘러갔다. 어르신이 되기까지 이제 몇 년이나 남았을까.

  선우는 채팅 앱을 열어 친구 목록을 훑었다. 시간이 지날수록 목록은 길어졌지만 그중에 친구라고 말할 수 있는 사람은 손에 꼽을 정도였다. 선우는 개인 채팅방을 열어 메시지를 작성하기 시작했다. 마음은 내 것이니까 결과만 같으면 상관없지 않나 싶었는데, 너무 의존한 걸까, 상투적인 표현밖에 떠오르지 않았다. 머리를 싸매고 끙끙대다가 피곤해져서 결국 채팅 AI를 이용했고 덕분에 내려야 할 승강장을 지나치지 않을 수 있었다. 편해지긴 했다고 선우는 생각했다.

* 챗지피티 인용문은 챗지피티를 참조했습니다.

아빠는

비엘을

읽지

않는다

1

    동규 씨가 수술받는 날, 현숙 씨가 유럽에 도착했다. 비행기에서 몇 시간을 꼼짝 못 하고 있었더니 몸살이 날 것 같다는 메시지에 답장을 보내고 윤서는 병실로 들어갔다.

    수술은 잘 됐대요.

    침대에 누워 있던 동규 씨가 고개를 끄덕였다.

    닷새 후에 퇴원이래요.

    뭐가 새?

    동규 씨는 요즘 귀가 어두워졌다. 윤서는 같은 말을 반복하는 대신 다르게 표현하는 습관을 들였다. 더 느리게, 더 쉽게, 더 명료하게.

화요일 퇴원이라고.

이번에는 제대로 알아들었는지 대꾸가 없다. 멀쩡한 입으로 밥만 먹지 말고 말을 하라고, 말을 하지 않는데 어떻게 그 속을 아느냐고, 답답해서 미치고 팔짝 뛰겠다고 현숙 씨가 가슴을 두드리게 만든 태도는 여전했다. 동규 씨는 메시지에도 거의 답장하지 않았다. 부부 싸움은 한쪽은 토로하고 한쪽은 침묵하는 평행선을 달렸다. 윤서가 자취를 시작한 해에 현숙 씨와 동규 씨는 이혼했다. 자식의 독립이 계기였는지 자식이 독립하기만 기다렸는지는 여전히 불가사의로 남아 있었다. 가족의 역사가 종결된 연도에 딱 서른이 되었기에 윤서는 그해를 기준으로 더하거나 빼는 식으로 나이를 셈하게 되었다. 벌써 팔 년 전 일이다.

윤서가 동규 씨 집으로 이사 들어가겠다고 했을 때도 동규 씨는 말없이 빤히 쳐다보기만 했다. 척추관 협착증 수술을 받으면 두 주는 허리를 구부리는 것도 조심하고, 한 달은 무거운 걸 들지 말아야 하며, 석 달만 지나면 일상생활이 가능하지만, 근력운동을 병행하지 않으면 여섯 달은 조심해야 한다던 의사의 말을 그대로 읊었더니 시선을 돌렸다. 달가워하지 않는 기색을 내비치기는 했으나 그뿐이었다. 침대마다 비치된 텔레비전을 켜고 채널을 돌리는 동규 씨를 윤서는 가만히 응시했다. 반백의 머리는 한 번도 염색한 적이 없었다. 검버섯이 돋은 걸 보고 사준 선크림은 밀봉된 채 유통기한이 지나서 내버렸다. 겉늙어 보이기는 해도 나이에 비해 정정한 편이었는데 이제 얼굴과 몸의 균형이 맞아가는 모양이었다.

영화를 보다가 중간 광고에 눈살을 찌푸리는 동규 씨의 모습이 익숙했다. 윤서는 자신의 취향이 어디에서 비롯되었는지 알고 있었다. 어린 시절 명절마다 뭘 볼지 고르는 동규 씨 옆에서 영화 편성표를 같이 살폈다. 현숙 씨가 뉴스에 열중해 있는 동안 동규 씨를 흉내 내 소설을 읽었다. 대여점이 생기고서는 동규 씨를 쫓아가 비디오 케이스와 책 표지를 구경했다. 빌려온 책을 쌓아놓고 나란히 앉아 보면서 과자를 집어 먹는 부녀를 보고 현숙 씨는 둘이 똑 닮았다며 혀를 차고는 했다. 그때도 딱히 대화랄 건 없었다. 책장 넘기는 소리 사이로 픽 웃는 소리를 들은 기억이 어렴풋이 남아 있었다.

내일 또 올게요.

돌아오지 않을 대답을 잠시 기다리다 윤서는 커튼을 치고 병실을 나왔다. 그새 호텔에 들어갔는지 현숙 씨가 야경 사진을 보내왔다. 잔뜩 들뜬 분위기에 찬물을 끼얹는 일이 될까 봐 수술 소식은 숨긴 상태였다. 팔 년 전에는 두 사람 사이에 그어진 선을 오가며 안부를 전했다. 어느새 켜켜이 쌓인 세월이 두꺼운 벽이 되어 생모와 생부를 완전한 타인으로 갈라놓았다. 가족에 대한 환상을 다 버린 줄 알았는데 조금은 남아 있었는지 겉옷을 한 겹 벗은 것처럼 얇은 추위가 느껴졌다. 윤서는 현숙 씨에게 방긋거리는 곰돌이 이모티콘을 보내고 정류장으로 향했다.

동규 씨는 이혼하고 투룸 전세로 이사한 뒤 줄곧 거기 살았다. 거실을 중심으로 오른쪽에 작은방과 욕실이 있고, 왼쪽에 큰방과 부엌이 있다. 윤서는 병원을 오가며 이사를 진행했다. 우선 작은방을 비우고 가구를 들인 다음 자취방에서 가져온 짐을 조금씩 정리했다. 침대 수납함과 서랍장과 행거를 채우고 남은 짐은 전부 책이었다.

윤서는 이제까지 틈만 나면 소설을 읽었지만 취미가 독서라고 말해본 적이 없었다. 판타지나 로맨스 같은 장르를 독서 목록에 포함하기가 껄끄러웠기 때문이다. 어릴 때는 책장 가운데 칸에 청소년 권장소설이 있었고, 아래 칸에 백과사전과 요리책이 있었다. 제목에 살인이 들어간다는 이유로 금지당한 추리소설은 제일 위 칸이었다. 삼국지가 청소년 권장소설과 같이 꽂혀 있어서 책이 닳도록 읽은 덕분에 한때 관우가 윤서의 롤모델이었다. 현숙 씨가 집에 없을 때면 의자를 놓고 올라가 SF와 추리 장르 소설을 꺼내 읽었다. 동규 씨는 집에 있어도 제지하거나 현숙 씨에게 이르지 않아 둘만의 비밀처럼 여기기도 했다. 이사를 거듭하면서 책은 차츰 줄어들다가 낱낱이 흩어졌다. 책장이 사라진 자리에는 데스크톱 컴퓨터가 들어왔다. 동규 씨는 불법 다운로드 사이트에서 소설과 영화를 내려받았다. 언젠가 새 소설이 업로드되지 않는다고 투덜댄 적이 있는데 그즈음 웹소설 플랫폼이 활성화되었다. 윤서는 종이책을 구입하는 대신 전자책을 결제하기 시작했다. 사람들이 핸드폰으로 소설을 읽을 동안 동규 씨의 목록은 갱신되지 않은 채 컴퓨터 안에 고여 있었다.

윤서는 책이 든 상자를 한쪽 벽에 차곡차곡 쌓았다. 플랫폼에서 재구입이 가능한 종이책은 이사 오기 전에 헌책방에 넘겼다. 남은 건 절판된 책이나 출판된 적이 없는 동인지로 대부분 비엘이었다. 남성 간의 사랑을 그린 책을 동규 씨에게 발견되는 일은 피하고 싶었다. 언젠가 현숙 씨에게 들킨 적이 있는데, 그나마 수위가 높지 않아 로맨스라고 둘러대고 넘어갈 수 있었다. 독립하기로 마음먹은 데에는 출퇴근 시간만큼 그 일도 영향을 미쳤을 것이다. 현숙 씨도 이해하지 못한 취향을 동규 씨가 이해할 것 같지 않았다. 아마 비엘이라는 장르가 존재하는 줄도 모르지 않을까. 윤서는 책 상자 앞에 옷이 빼곡하게 걸린 행거를 옮겨두고 짐 정리를 마쳤다.

동규 씨가 입원해 있는 동안 현숙 씨는 꾸준히 여행 사진을 보내왔다. 금과 은으로 만든 천사, 아기 예수를 안고 있는 성

모상, 장엄한 음악이 흘러나올 것 같은 파이프 오르간, 화려한 색상의 스테인드글라스…… 어떤 의미인지 모르고 보아도 아름다웠다. 가끔 기이한 것도 있었지만 문화재라고 하니까 그럭저럭 괜찮아 보였다. 만지면 부자가 된다거나 사랑이 이루어진다거나 하는 속설 때문에 유독 광이 나는 발을 찍은 사진도 있었다. 윤서는 액정 너머로 조각상 발을 슬쩍 어루만졌다.

현숙 씨가 그라나다에 이어 마드리드에 간 날, 동규 씨가 퇴원했다. 집에 온 동규 씨는 작은방에서 밀려난 집기들이 거실 컴퓨터와 소파 옆 빈자리에 박혀 있는 모습을 뚱하게 쳐다보았다.

머리 감는 거 도와줘요?

대답 없이 욕실에 들어간 동규 씨를 개의치 않고 윤서는 부엌으로 가서 저녁을 차렸다. 미리 주문해둔 사골국을 데우고 반찬가게에서 산 두부조림과 멸치볶음을 식탁에 올렸다. 모두 뼈에 좋다고 알려진 음식들이다. 욕실에서 나온 동규 씨는 허리 보호대를 착용하고 식탁 앞에 앉았다. 사골 국물을 한입 떠먹더니 얼굴을 찌푸렸다. 끙 소리를 내고 일어나 느린 걸음으로 정수기로 가서 밥그릇에 물을 부었다. 그 뒤로 사골국은 쳐다보지도 않고 물에 말은 밥만 떠먹었다.

윤서는 동규 씨와 삼십 년을 같이 살았고, 팔 년을 따로 살았다. 같이 산 기간이 따로 산 기간보다 길었으니 이번에도 괜찮으리라 결론 내리는 과정에서 한 가지를 간과했음을 깨달았다. 언제나 사이에 현숙 씨가 있었다. 현숙 씨가 떠나고서는 반나절이나 함께 있었을까. 명절에도 두 사람을 번갈아 찾아가 한곳에 머문 시간이 짧았다. 만날 때마다 외식하거나 배달시키거나 했지 집에서 뭘 만들어 먹지 않았기에 미처 알아채지 못했다. 윤서는 동규 씨와 단둘이 살아본 적이 없었다.

식사를 마친 동규 씨가 국물이 담긴 그릇과 수저를 식탁에 그대로 두고 일어났다. 윤서는 예전에 현숙 씨가 그랬던 것처럼 조리대에서 가까운 자리에 앉아 동규 씨의 뒷모습을 응시했다. 백발이 성성하고 등이 굽은 노인이 굼뜨게 걸어갔다. 부엌에 아직 식사중인 가족이 있다는 사실을 고려하지 않은 채 거실 불을 껐다. 윤서는 동그랗게 펼쳐진 부엌 조명 안에서 말했다.

생활비 주세요.

힐긋 돌아본 동규 씨가 그냥 방으로 들어갈 기미가 보이자 얼른 민망함을 끊어내고 붙잡았다.

사업 망했어.

IT업체는 폐업률이 높아서 열에 아홉은 문을 닫는다고 들었지만, 설마 그중 하나가 될 줄 몰랐다. 전세를 빼서 월셋집으로 이사 갈까 하던 차에 동규 씨가 수술을 받았다. 여기 들어온 덕분에 빚을 갚고도 월세 보증금이 수중에 남았다는 이야기는 하지 않았다. 동규 씨가 그러듯 입을 다물었을 뿐이다.

계좌번호 보내라.

구구절절 설명하지 않아도 되는 점은 동규 씨가 현숙 씨보다 편했다. 윤서는 느릿느릿 어둠 속으로 사라지는 동규 씨의 뒷모습을 지켜보았다. 문이 닫히는 소리가 한숨처럼 들렸다. 윤서는 남은 밥을 사골국에 꾹꾹 말아 먹고 일어섰다. 동규 씨 국그릇에 남은 국물을 싱크대에 쏟아버리고 상을 치웠다.

방으로 돌아온 윤서는 옷이 가득 걸린 행거를 밀었다. 동인지는 운이 좋으면 구입한 가격 그대로, 때로는 그 이상으로 되팔 수 있다. 특히 비엘은 타 장르에 비해 상업화된 지 오래되지 않아 희소성이 있었다. 윤서는 상자를 열어 안에 든 책을 꺼냈다. 최근 시세를 살피면서 하나씩 사진을 찍어 중고 거래 앱에 올렸다. 마지막으로 눈에 담아두려다 보니 책을 훑는 속도가 점점 느려졌다. 처음 산 동인지구나. 이 나이에 망해버렸네. 그땐 재미있었는데 지금 보니까 폭력적이다. 불법 세입자가 된 기분이야. 지루하긴 해도 표현이 섬세했지. 의무도 사랑이라고 할 수 있나.

방문이 열리는 소리가 들려 시계를 확인하니 새벽 4시였다. 작은방 옆에 욕실이 붙어 있어 오줌 줄기가 물에 닿는 소리가 크게 들렸다. 동규 씨가 방으로 돌아가고 잠잠해지기를 기다렸다가 다음 상자를 열었다. 뜬금없이 파우치가 보였다. 책 사이에 박혀 있는 걸 꺼내 안을 확인했다. 자위기구다. 삽입형은 버리고 석션형만 보관해둔 것을 까맣게 잊고 있었다. 윤서는 파우치를 생리대가 든 서랍으로 옮기고 작업을 계속했다.

다시 방문 열리는 소리가 들렸을 때는 창문이 환하게 밝아 있었다. 손에 든 책을 도로 상자에 넣고 벽을 따라 쌓은 상자를 감추듯 행거를 옮겼다. 바닥에 떨어진 먼지를 물티슈로 닦은 다음 방을 나섰다. 사랑인지 의무인지 구분하기 어렵지만 어쨌든 아침 식사를 준비할 시간이다.

2

회사명으로 처음 고려한 이름은 '라온 라움'이었다. 순우리말로 '즐겁고 아름답다'는 뜻이다. 누가 이미 선점해버린 탓에 차선책을 등록했는데 오히려 그쪽이 더 사업 아이템과 잘 어울리는 것 같았다. 라움 라움. 아름답고 아름답다. 웹소설 묘사 사전 서비스. 당신은 이야기만 생각하세요, 묘사는 우리가 책임지겠습니다. 월정액 5천 원, 12개월 5만 원.

웹소설 시장은 해가 갈수록 덩치가 커졌다. 윤서는 독자만 아니라 작가 또한 늘어났다는 사실에 주목했다. 판타지에서 낯선 광경을 신비하게 묘사하면 글이 고급스러워졌다. 로맨스에서는 인물과 감정 표현에 있어 묘사가 빠질 수 없었다. 연재

분량과 속도가 중요한 만큼 다양한 샘플을 제공하는 서비스가 성공하리라 믿었다.

순우리말인 라온과 다르게 라움은 출처 없이 인터넷에서 떠도는 말에 불과하다는 사실을, 투자 유치에 실패하고 나서야 알았다. 출처가 분명한 단어를 제공하는 서비스의 이름이 정작 출처가 불분명했다는 모순을 깨닫자 폐업할 결심이 섰다.

식사하세요.

동규 씨는 컴퓨터 앞에서 미동이 없었다. 윤서가 소리 높여 다시 불러도 의자만 삐걱거리고 동규 씨는 꼼짝하지 않았다. 모니터를 보니 검은 글자가 화면을 가득 채우고 있었다. 동규 씨는 질리지도 않는지 오래전에 다운받은 소설을 읽고 또 읽었다. 윤서는 웹소설 플랫폼 아이디를 공유할까 하다가 그만두었다. 항상 뭔가를 보고 있는 동규 씨에게 말을 걸었다가 시끄럽다는 소리만 들었다. 아이디까지 공유했다가는 소통 없는 벽이 더 두꺼워질 것 같았다.

밥 먹어요.

현숙 씨가 동규 씨에게 학을 뗀 이유를 지난 보름간 여실히 체감했다. 몸이 힘들지는 않았다. 빨래를 개다가 구멍 난 메리야스를 발견하면 안쓰러운 마음도 들었다. 청소기를 돌릴 때 동규 씨가 얼굴을 찡그리긴 해도 입은 다물고 있으니 무시할 수 있었다. 하지만 식사는 상대가 먹어야 비로소 끝나는 일이다. 팔 년 동안 혼자 살았으면 식사를 준비하는 수고로움을 모르지 않을 텐데, 한 번 불러서 바로 오는 일이 드물었다. 윤서는 결국 세 번까지만 부른다는 규칙을 세웠다. 이틀 전에 만든 새 규칙에 따라 먼저 숟갈을 들었다. 동규 씨가 식탁에 와서 앉았을 때는 뜨거울 때 담아두었던 국이 다 식어 있었다.

대화가 없으니 식사 시간은 언제나 조용했고 또 짧았다. 동규 씨는 식사를 끝내자마자 빈 그릇과 수저를 그대로 놓고 컴퓨터 앞에 앉았다. 정면 얼굴보다 익숙한 옆얼굴을 보며 윤서는 타임루프 소설 속에 빙의된 느낌이 들었다. 7시에 아침을 차린다. 동규 씨에게 커피를 타준다. 동규 씨가 텔레비전을 시청하거나 컴퓨터로 소설을 읽는 동안 윤서는 방에서 핸드폰을 본다. 12시에 부엌으로 가 점심을 차린다. 동규 씨는 소설을 읽다가 낮잠을 잔다. 세탁기나 청소기를 돌리면 자막 있는 영화를 감상한다. 6시에 저녁을 차린다. 동규 씨는 텔레비전을 시청하다가 11시 전에 취침한다. 윤서도 비슷하게 방에 들어가 침대에 눕는다. 오전 6시 반에 알람을 끄고 일어나 부엌으로 간다. 그렇게 보름쯤 보내자 회귀를 반복하는 소설을 보기 싫어졌다. 타임루프를 끝내기 위해 주인공이 어떻게 했더라. 대가도 보람도 없는 일을 반복하는 주인공이 있었던가. 윤서는 상을 치우고 말했다.

산책이라도 다녀오세요.

한마디 해봤지만 대꾸가 없었다. 나가봤자 돈만 쓴다, 가 동규 씨의 입버릇이었다. 출퇴근은 어떻게 했을까 싶다가 삼십년 동안 한 회사만 다녔기에 가능했는지도 모른다는 생각이 들었다. 정년퇴직하고 동규 씨는 연금에 간간이 공공일자리를 나가 버는 돈을 더해 생활해왔다. 재산이 얼마나 되는지 정확히 알지 못하지만 풍족하지는 않으리라 막연하게 짐작했다. 부모에게 손을 벌려도 될까 하는 고민은 오래가지 않았다. 하루라도 빨리 이 집을 떠나려면 월세 보증금을 보전해야 한다. 동규 씨로부터 받은 돈은 이미 바닥을 보이고 있었다. 재택 알바를 신청한 데에서는 아직 연락이 없었다.

엄마 만나러 가요. 저녁 챙겨 드세요.

외출 준비를 마친 윤서는 신발을 신으며 말했다. 현숙 씨가 유럽 여행을 마치고 돌아와 처음 만나는 자리다. 대답을 기대하지 않았는데 동규 씨가 입을 열었다. 늦을 거냐고 물어와서 늦는다고 대답하고 잠시 기다렸다. 일찍 들어오라거나 밤길 조심하라거나 하는 말이 들려오지 않아 그만 집을 나섰다.

오랜만에 도로 풍경을 보며 윤서는 조금 놀랐다. 단풍을 본 기억이 없는데 벌써 낙엽이 하나둘 지고 있었다. 새벽에 춥다고 느끼기는 했지만 동규 씨가 아무 말이 없어서 기분 탓인 줄 알았다. 이불을 겨울용으로 바꾸고, 난방 예약을 걸어놓아야지, 내일은 된장찌개를 끓일까, 된장이 얼마나 남았더라, 치약도 얼마 안 남았던 것 같은데……. 정신을 차리고 보니 쇼핑몰에서 식재료와 생필품을 장바구니에 담고 있었다. 얼마 전까지만 해도 한 회사의 대표였는데 이제 딸이라는 정체성만 남은 것 같아 쓴웃음이 나왔다. 직장 생활을 처음 시작할 때부터 줄곧 숏컷이었던 머리가 길어서 뒷목을 간질였다. 예전과 의미가 달라진 헤어스타일을 계속 고수해야 할지 바꿔야 할지 아직 결정하지 못했다. 윤서는 목덜미를 한차례 쓸어내고 결제를 마쳤다. 목적지가 가까워지자 점심 메뉴가 머릿속을 맴돌았다. 동규 씨가 한식만 선호하다 보니 양식은커녕 퓨전 한식조차 시도하지 못했다. 노령의 환자이기만 해도 조심스러운 마당에 물주이기까지 하니 영 눈치가 보였다. 오늘은 색다른 음식을 먹을 수 있으리라는 기대에 들뜬 나머지 현숙 씨에게 전해야 할 소식이 많다는 사실을 깜박 잊었다.

강 씨네 피가 어디 안 가지. 그걸 왜 말을 안 해.

경위를 설명하는 데에 한마디로 충분했던 동규 씨와 다르게 현숙 씨는 한 시간이 필요했다. 이야기를 다 듣자마자 현숙 씨가 생활비를 보내주며 말했다.

내가 혼자 먹고살 만하니까 그 양반이 도장 찍어준 거지 아니었으면 안 찍었을 거야. 속 터지기는 해도 책임감 하나는 믿을 만한 사람이다. 아빠 잘 만난 줄 알아.

이혼한 사람이 할 소리는 아니지 않나. 윤서는 내심 억울했지만 부양할 나이에 부양받는 처지가 되었기에 말을 아꼈다. 현숙 씨가 반찬 보내줄까 물어봐서 한 번 사양했을 뿐인데 냉큼 말을 거두는 걸 보고 진심이 아니라는 걸 알았다. 섭섭한 마음이 들지는 않았다. 막 이혼했을 때는 서로가 좋은 엄마, 좋은 딸의 역할에서 벗어나지 않으려고 애쓰다가 피곤해졌다. 적당히 거리를 두자 훨씬 편해졌다. 예전 같았으면 보자마자 살 빼라거나 화장 좀 하고 다니라는 소리부터 들었을 것이다. 반면 동규 씨는 한 번도 외모에 대한 지적을 한 적이 없었다. 존중이 아닌 무관심으로 차린 예의라 썩 기쁘지는 않았다.

자리를 옮겨 들어간 베이커리 카페에서 현숙 씨는 상벤투 역에 방문한 이야기부터 풀어놓았다. 이혼하기 전까지 어떻게 참고 살았나 싶을 정도로 현숙 씨는 여행을 좋아했다. 윤서의 기억으로는 이제까지 가족 여행을 다녀온 횟수가 손에 꼽을 정도였다. 동규 씨는 예능이나 다큐 프로그램으로 여행을 대체할 수 있는 사람이었다. 지금도 거실에서 무엇이든 보고 있을 터였다. 사실 윤서도 여행을 썩 즐기는 편은 아니었다. 둘이 똑 닮았다는 소리를 들을까 봐 그 이야기는 하지 않았다.

현숙 씨가 여행 도중에 찍은 사진들을 보여주었다. 익숙한 상징이나 이야기 덕분에 낯설지만은 않았다. 윤서는 현숙 씨 옆에 바짝 붙어 앉아 사진을 보며 홍차를 마셨다. 같이 주문한 쿠키가 맛있어서 집에 한 봉지 사 가기로 마음먹었다.

집에 혼자 있는 동거인이 신경 쓰인 탓에 윤서는 현숙 씨와 평소보다 일찍 헤어져 귀갓길에 올랐다. 엘리베이터 버튼을 눌렀을 때 중고 거래 앱에 알람이 떴다. 구입가의 세 배 가격이었지만 시세보다 저렴해서인지 에누리 없이 선뜻 사겠다는 메시지가 왔다. 오히려 망설인 쪽은 윤서였다. 동인지는 한번 팔면 다시 구하기 어렵다. 현숙 씨에게 생활비를 받아 당장 돈이 급하지도 않았다. 꼭 팔아야 할까, 고민하며 현관문을 열었다.

동규 씨는 나올 때 보았던 자세 그대로 컴퓨터 앞에 앉아 있었다. 뒤늦게 윤서를 발견한 동규 씨가 허둥거리며 마우스를 움직였다. 윤서는 작은방으로 들어가 문을 닫고 침대에 풀썩 주저앉았다. 동규 씨는 귀가 어두워 도어락 열리는 소리를 제대로 듣지 못했다. 현관문이 닫히는 소리에 비로소 딸의 이른 귀가를 알아차렸을 것이다. 그때는 이미 영화의 한 장면이라기에는 적나라한 행위로 가득한 모니터를 두 번이나 확인한 뒤였다.

성인이니까 그럴 수 있지. 나도 호기심에 본 적이 있으니까. 이제는 비엘이라도 실사는 안 보지만. 동영상만 아니면 괜찮은 건가. 적어도 성착취는 없을 테니까. 소설은 어차피 판타진 걸. 어차피 판타진데 왜 비엘을 보지. 여성 캐릭터는 몰입에 방해되니까. 그거 일종의 여혐 아닌가. 어쩌면 자기혐오일지도…… 아빠도 아니고 왜 나를 검열하고 있담.

윤서는 침대 위에 내팽개친 가방에서 동규 씨에게 주려고 사 온 쿠키를 꺼냈다. 포장을 뜯고 쿠키를 하나씩 꺼내 먹으며 행거를 옆으로 옮겼다. 판매하기로 한 동인지를 찾아 상자 안을 뒤적거렸다. 재미있게 읽던 소설을 불편한 표현 때문에 포기한 경험이 동규 씨에게는 없겠지. 흐린 눈을 하고 보다가 죄책감을 느낀 적도 없겠지. 소설 속 주인공들이 모두 자신과 다른 성별이라는 데에서 오는 괴리감 역시 알지 못하겠지. 플랫폼이 생겨서 다행이었다. 애써 흐린 눈을 할 필요가 없을 정도로 취향에 맞는 소설이 쏟아져 나왔다. 연애 장면이 거의 없는 로맨스 판타지 같은. 요즘은 비엘에도 손이 잘 가지 않았다. 성애보다 성공에 더 목말랐으니 당연한 일인지도 모른다. 읽지도 않을 책을 끌어안고 있기엔 방이 너무 좁았다. 윤서는 세 번째 상자에서 판매할 동인지를 찾아 꺼내고 마지막 쿠키를 아작아작 씹어먹었다.

구매자와 약속을 잡고는 방문을 열었다. 그새 동규 씨가 불을 끄고 들어갔는지 거실이 깜깜했다. 윤서는 갈아입을 옷을 챙겨 욕실로 향했다. 막 이사 왔을 때는 속옷을 가지고 들어가는 걸 잊어버리는 바람에 벗어놓은 걸 다시 꿰입고 나온 적이 몇 번 있었다. 자취방에서처럼 브래지어를 벗고 있지도 못했다. 부녀 관계에 앞서 성별부터 고려해야 한다는 사실이 때로는……. 거울에 김이 어려 뿌예졌다. 윤서는 얼굴 부분을 손바닥으로 문질렀다. 동규 씨를 닮았다는 소리를 듣는 눈가에 뭉친 물방울이 거울에 길게 선을 그으며 흘러내렸다.

3

밥도 숨을 쉬어야 한다. 윤서는 밥을 휘저을 때마다 현숙 씨의 말이 떠올랐다. 하얀 김이 모락모락 올라오는 모습이 밥알들이 내뿜는 숨결처럼 느껴지기도 했다. 밥을 휘젓는 걸 현숙 씨는 '푸스른다'라고 했다. 윤서는 묘사 사전을 만들다가 출처가 없는 말이라는 걸 알았지만 대체할 단어를 찾을 수 없었다. 그 어떤 동사도 '푸스른다'를 제대로 표현하지 못했다. 동규 씨에게 그 얘기를 했더니 익은 쌀이 어떻게 숨을 쉬냐는 핀잔만 돌아왔다.

식사하세요.

윤서는 밥그릇을 식탁에 올리며 말했다. 어차피 한 번 불러서 올 턱이 없으니 시간을 넉넉하게 잡았다. 찌개를 불에 올리고 냉장고에서 반찬을 꺼냈다. 수저를 챙겨 오는데 벌써 동규 씨가 식탁 앞에 앉아 있었다. 평소에는 그렇게 불러도 안 오더니 오늘따라 바로 와서 마음을 급하게 만들었다. 윤서는 찌개가 막 끓기 시작했을 때 대접에 퍼 담았다. 뜨거운 국물 요리를 빨리 먹기는 어려운 일이라 자연히 식사 속도가 느려졌다. 오늘따라 유달리 조용하게 느껴진 건 기분 탓일까.

코 막고 물 마셔요.

갑자기 딸꾹질을 시작한 동규 씨에게 윤서는 말했다. 동규 씨는 코를 막고 물을 마시다가 사레가 들렸다. 기침이 멈추고 나서도 딸꾹질이 계속되었다.

물 머금고 입 막아요.

보다못해 한마디 더 하자 동규 씨가 대꾸했다.

코도 막고 입도 막으면 죽으라는 거냐.

윤서는 동규 씨를 빤히 쳐다보았다. 처음에는 농담인 줄 몰라서, 그다음은 동규 씨가 농담을 했다는 사실에 놀라서, 호응하지 못하다가 웃음을 터트리고 말았다. 농담이 실패한 동규 씨가 시무룩한 기색을 비쳤기 때문이다. 농담을 한 동규 씨와 시무룩한 동규 씨 중에 어떤 모습이 더 놀라운지 알 수 없었지만, 어색하던 분위기가 풀린 것만큼은 확실했다. 딸꾹질이 멈추고 얼마 안 되어 동규 씨가 숟갈을 놓고 일어났다. 윤서는 컴퓨터로 향하는 동규 씨를 쳐다보며 찌개를 삼켰다. 국물이 아직 따뜻했다.

오후에 동인지를 담은 가방을 들고 외출했다. 구매자는 예상대로 윤서 또래거나 조금 더 나이가 들어 보이는 여자였다. 윤서가 동인지를 처음 접했을 때만 해도 비엘은 음지의 문화였다. 서점에 책이 없어서 동인지 판매전이 열려야만 겨우 구할 수 있었다. 동인 사이트는 몇 단계에 거쳐 성인 여성임을 증명해야 가입이 가능했고 그마저도 도메인 주소가 자주 바뀌었다. 은밀한 비밀을 공유하면 어떤 동지애가 생기기 마련이다. 그 비밀에 성애물이 얽혀 있다면 더더욱이나.

멋쩍으면서도 반가움이 담긴 미소를 교환하고 동인지를 건넸다. 이제는 잘 읽지 않는 책을 줄곧 소장하고 있었던 건 한 시기의 앨범이나 마찬가지기 때문이었다. 구매자 역시 비슷한 이유로 유행이 지난 책을 찾는지도 몰랐다. 아니면 요즘 유행에 적응하지 못하고 있거나. 오랜 세월 쌓아온 취향을 단시간에 무너뜨리기란 힘든 일이니까. 윤서는 길게 자란 뒷머리를 쓸어내듯 목을 문지르고 옷깃을 여몄다.

집에 들어가자 컴퓨터 앞에 서 있는 동규 씨가 보였다. 전원 케이블을 뺐다가 꽂고 버튼을 누르는 모습이 어수선했다. 윤서는 망설이다가 거실을 가로질렀다. 모니터가 먹통이었다. 노트북을 연결해서 확인하자 모니터는 멀쩡했고 본체가 이상했다.

수리받아야겠는데요.

최소 몇만 원에서 몇십만 원까지 들 수 있고, 새로 사는 편이 나올지도 모른다고 했더니 동규 씨가 눈살을 찌푸렸다. 컴퓨터 앞을 떠난 동규 씨는 소파에 앉아 텔레비전 리모컨을 눌렀다. 영화를 보다가 중간에 광고가 나오자 또 얼굴을 찡그렸다. 얹혀사는 자식이 없었다면 컴퓨터를 새로 샀을까. 윤서는 한숨을 쉬고 웹소설 플랫폼을 열었다. 보관함에서 비엘과 로맨스만 골라 지우며 생각했다. 다른 걸 보는 것보다는 낫지 않을까. 보관함에서 삭제해도 구매 내역이 남아 있으면 언제라도 다시 내려받을 수 있었다. 윤서는 평점이 낮은 판타지와 무협도 지운 다음 동규 씨에게 물었다.

소설 볼래요?

가져와봐.

핸드폰으로 보는 거예요.

윤서는 동규 씨 핸드폰에 앱을 깔고 아이디를 공유했다. 폰트 크기를 조절하는 법도 알려주었다. 보관함에 쌓여 있는 목록을 보고 동규 씨가 신이 난 기색을 보였다. 윤서로서는 중간 광고에 얼굴을 찌푸리던 언짢음만큼 공감하기 쉬운 감정이었다. 어릴 때처럼 동규 씨 옆에 앉아 무엇을 읽는지 들여다보았다. 실없는 농담이 일품인 무협이었다. 아니나 다를까 얼마 지나지 않아 양 입꼬리가 슬며시 올라갔다. 기분이 좋아 보이는 동규 씨에게 윤서는 말했다.

내일부터 아침은 직접 챙겨 드세요. 나는 원래 아침 안 먹어요.

힐긋 쳐다본 동규 씨가 흠 소리만 내고 핸드폰으로 시선을 떨어뜨렸다. 수술받은 지 보름이 넘었으니 아침을 차려 먹는 정도는 괜찮을 것이다. 현숙 씨와의 사이를 푸스른 것처럼 동규 씨와의 사이도 푸스를 때가 되었다고 합리화하며 리모컨을 들었다. 예능 프로그램을 보면서 윤서는 오랜만에 크게 웃었다.

타임루프에 변화가 생겼다. 윤서는 밤에 늦게 자고 아침에 늦게 일어나는 생활 방식으로 돌아갔다. 동규 씨는 여전히 한 번 불러서 오지 않았지만 세 번 부르기 전에는 식탁 앞에 앉았다. 윤서는 저녁을 차릴 때 아침 식사거리를 같이 준비해 냉장고에 넣어두었다. 동규 씨는 텔레비전 시청 시간을 줄이고 온종일 핸드폰으로 소설을 읽었다.

웹소설은 한 작품당 서너 권은 기본이고, 길게는 몇십 권이 넘어가는 것도 많았다. 동규 씨는 흰 눈이 날리는 창문에 시선 한 번 주지 않고 검은 글자를 읽어나갔다. 윤서가 거쳐 간 소설을 동규 씨가 읽었고, 동규 씨의 자취를 윤서가 살폈다.

성장하는 이야기가 추세였던 예전과 다르게 요즘은 성공하는 이야기가 추세였다. 특히 회귀, 빙의, 환생을 통해 처음부터 남들보다 특별한 능력을 가지고 시작하는 회빙환이 유행이었다. 동규 씨가 낯설어하지 않을까 했는데 평점이 높은 소설들만 남겨놓아서인지 재미있게 보는 눈치였다. 인기 높은 판타지 주인공에게는 비슷한 공통점이 있었다. 성별은 남성, 연애에 관심이 없고, 어두운 과거가 있으며, 뛰어난 능력이 있지만 동료를 위해 희생하며, 동료는 그의 희생에 감사하는…… 사랑받는 영웅. 동규 씨가 좋아할 법했다. 윤서도 좋아했다. 사실 누구나 대부분 좋아할 이야기였다. 인기 높은 판타지 작가가 여자인 경우도 종종 있었다. 그래서인지 어떤 건 소프트 비엘을 보는 느낌이 들기도 했다.

쌓인 눈이 얼어붙어 빙판이 되었다. 윤서는 평점이 다소 낮은 소설을 보관함에 내려받았다. 그러자 읽는 이의 취향이 한층 선명하게 드러났다. 동규 씨도 세상이 멸망하는 아포칼립스를 즐기는구나. 잔잔한 내용은 빨리 넘기는구나. 현대 직장인 이야기는 아예 피하는구나. 한 회사에서 오래 일했다고 해도 그 성정에 꽤 힘들었겠지. 동규 씨는 외출할 때 선크림은 바르지 않아도 로션은 항상 챙겨 발랐고, 귀가해서는 바로 욕실에 들어가 씻고, 속옷 차림으로 나오더라도 이내 실내복으로 갈아입으며, 물건이 널려 있는 걸 싫어해 사용하고 나면 항상 제자리에 놓아두는 사람이었다. 일상은 자로 재듯이 규칙적인 사람이 소설에서는 온갖 난장을 피워야 좋아했다. 어쩌면 동규 씨가 수용할 수 있는 변화는 책 한 권 크기에 불과한지도 몰랐다.

윤서는 재택 알바를 구하고부터 식사를 마치는 대로 빈 그릇과 수저만 싱크대에 가져다 놓고 먼저 방으로 들어갔다. 상을 치우는 건 동규 씨가 도맡았다. 새 질서는 삽시간에 똬리를 틀고 자리를 잡았다. 알바비를 받으면서는 소파에 간식 바구니를 만들었다. 동규 씨가 핸드폰에서 눈을 떼지 않고 먹어 자꾸 부스러기를 흘리는 바람에 잘게 부서지는 과자는 사지 않았다. 같이 먹으려고 따로 보관해둔 조각 케이크를 동규 씨 혼자 먹어치우는 바람에 몇 번 잔소리했더니 언젠가부터 모든 간식을 절반만 먹고 남겨두기 시작했다.

해가 바뀌도록 동규 씨는 계속 웹소설을 읽었다. 윤서는 이번에는 로맨스를 보관함에 내려받았다. 동규 씨가 한동안 건드리지 않아 역시 싫어하나 싶었는데 며칠 뒤에 읽은 흔적을 발견했다. 주인공이 여자라도 판타지기만 하면 좋아하는구나. 가부장제를 전복하는 내용이라도 재미만 있으면 꺼리지 않는구나. 연애 장면이 길어지면 싫어했지만, 문장이 수려한 소설은 완독하기도 했다. 동규 씨의 취향은 생각보다 폭이 넓고 유연했다. 그 포용력을 왜 일상생활에서 발휘하지 못한 걸까.

부부 싸움은 보통 소파에서 시작되었다. 싸움이라고 일컫기 멋쩍을 정도로 현숙 씨가 일방적으로 떠들고, 동규 씨는 일관되게 입을 다물었다. 잘 시간이 되면 동규 씨 혼자 방에 들어가 이내 코를 골았다. 현숙 씨는 기이한 표정으로 허 입을 벌린 채 가만히 앉아 있었다. 윤서는 한밤중에 화장실에 가려고 나왔다가 어둠 속에 그대로 앉아 있는 현숙 씨를 보고 텔레비전을 켰다. 얼룩덜룩한 빛을 뒤집어쓴 현숙 씨를 혼자 남겨두고 방으로 돌아가 책을 읽었다. 아침에 일어나면 아무 일도 없었던 것처럼 같이 식사하는 두 사람을 볼 수 있었다. 이혼하고 집에서 옷가지 외에는 전부 두고 간 현숙 씨와 다르게 동규 씨는 세간살이를 이것저것 챙겼다. 소파도 그중 하나였다. 솔기가 뜯어지고 스크래치가 남은 소파에 거리낌 없이 앉는 동규 씨를 보고 윤서는 체념을 배웠다.

현숙 씨와는 매주 연락하고 두어 달마다 꼬박꼬박 만났지만, 동규 씨와는 달포에 한 번 연락하거나 더 드물게 찾아갔다. 그렇게 팔 년이라는 세월이 쌓였는데, 단지 같은 소설을 읽는다는 이유 하나만으로 그 두께가 삽시간에 얇아진 느낌이 들었다. 재취업하더라도 전세 보증금을 모을 때까지 좀 더 같이 살아볼까 하는 마음마저 생겼다. 현숙 씨가 동규 씨와 취향이 비슷했다면 조금은 다른 결과를 맞았을지도 모른다는 생각이 문득 들었다.

4

설 연휴를 보내고 윤서는 이력서를 넣기 시작했다. 중고 거래 앱에 올린 책은 차츰 가격을 낮추었더니 꾸준히 연락이 왔다. 구매자들이 찾는 책은 전부 비엘이었고 그 외 장르는 문의조차 없었다. 취향에 맞는 소설이 넘쳐나는 요즘 굳이 유행이 지난 동인지까지 찾아볼 이유가 없기는 했다. 비엘만 남겨두고 다른 장르는 버려야 하나 고민하면서 윤서는 집을 나섰다.

　서둘러 나온 탓에 약속 시간보다 일찍 도착했다. 공원 벤치에 앉아 습관적으로 웹소설 플랫폼에 들어갔다. 동규 씨가 최근에 본 목록을 살피다가 숨을 들이마셨다. 판타지와 무협 사이에 비엘이 있었다. 아마도 구매 내역에서 삭제한 소설을 내려받는 법을 알아낸 듯했다. 이미 한 권 분량을 읽은 상태였다. 그만하면 어떤 장르인지 모를 수가 없을 터였다. 다행히 수위는 높지 않았다. 윤서는 동규 씨가 읽지 않은 비엘 소설들을 구매 내역까지 삭제하려다가 멈칫했다.

　음지의 문화였던 비엘이 하나둘 출판되어 서점에 깔리기 시작하더니 어느새 양지화되었다. 플랫폼이 활성화된 뒤로는 로맨스, 판타지와 더불어 상위 장르로 자리매김했다. 최근에는 드라마로도 제작되는 추세였다. 취향을 감출 이유가 사라졌음에도 일단 숨겨야겠다는 생각부터 들다니. 마흔이 코앞인데 책장 꼭대기 책을 몰래 꺼내 읽던 시절에서 얼마 자라지 못한 것 같았다.

　액정 위에서 맴돌던 손가락이 앱을 닫았다. 지척에서 누가 쳐다보는 시선이 느껴졌다. 숏패딩을 입은 여자가 두리번거리고 있었다. 구매자인 줄 바로 알아보지 못한 건 앳되어 보이는 외모 때문이었다. 십 년 전쯤 나온 동인지를 알 법한 나이대가 아니었다.

윤서는 불청객을 맞닥뜨린 기분을 들키지 않으려 애쓰며 책을 건넸다. 멀어지는 숏패딩을 제자리에서 한참 응시했다. 회빙환이 유행하는 판타지처럼 비엘에도 변화가 생겼다. 노골적으로 드러내는 욕망이 반가운 동시에 익숙한 무언가를 닮은 장면이 꺼림칙했다. 윤서는 뒷목을 문질렀다. 숏컷이라기에는 너무 자란 머리가 거슬렸다. 나도 나이를 먹은 걸까. 찬바람에 얼어붙은 코가 얼얼했다.

집에 돌아가자 동규 씨가 소파에 누워 자고 있었다. 겨우내 걸핏하면 핸드폰을 손에 든 채로 잠드는 바람에 깨워 방으로 보내는 게 일이 되었다. 윤서는 동규 씨를 그대로 놔두고 욕실에 들어갔다. 샤워하다가 미끄러졌지만 큰 소리가 나지 않도록 입을 꽉 다물었다. 저녁을 먹고 치울 때까지 동규 씨는 비엘 소설에 대해 한마디도 하지 않았다. 윤서는 안도인지 실망인지 모를 감정을 꾸역꾸역 삼키며 방에 들어갔다. 다음 날 감기에 걸렸다.

열이 심한 건 아니지만 몸살기가 있었다. 으슬으슬 춥고 목이 아팠다. 화장실만 다녀와서 계속 자다가 점심때가 되어 일어났다. 아침 외에 동규 씨가 상을 차린다는 규칙은 아직 합의한 적이 없는 질서였다. 윤서는 마스크를 쓰고 방에서 나왔다. 핸드폰으로 소설을 읽는 동규 씨로부터 떨어져 앉아 배달 앱을 들여다보았다. 뭘 먹을 수 있을 것 같지 않아서 죽을 주문하는 동안 동규 씨는 그 어떤 반응도 보이지 않았다. 배달음식이 도착해도 마냥 소파에 앉아 있는 동규 씨를 보자 짜증이 치밀었다.

사람이 아프면 뭐라도 할 생각이 안 들어요?

뭘 들어?

동규 씨가 핸드폰에서 시선을 떼지 않고 되물었다. 윤서는 자신이 동규 씨를 살피듯 동규 씨 또한 자신을 살펴주리라는 기대가 욕심이었음을 깨달았다. 책장 앞에 의자를 놓고 까치발을 해가며 책을 꺼내 읽던 모습을 기억하기는 할까. 둘만의 비밀 같은 게 아니었다. 오로지 자신의 취향에만 몰두했을 그에게 서러움이 북받쳐 올랐다.

아빠는 날 사랑하지 않지.

그것은 아마도 가슴을 두드리며 악을 쓰던 현숙 씨가 진짜 하고 싶었던 말이었을 것이다. 비로소 윤서에게로 향한 동규 씨의 시선이 평소와 다르게 일렁거렸다. 윤서는 가슴이 철렁 내려앉았다.

가족의 역사가 종결되기 전에 현숙 씨는 한결같던 동규 씨로부터 결국 변화를 이끌어냈다. 동규 씨는 방에 혼자 들어가 코를 고는 대신 소파 구석 자리에 웅크리고 앉아서 머리를 두드렸다. 무서워, 무서워, 라며 중얼거리는 모습에 윤서는 겁을 집어먹었다. 겨우 진정한 동규 씨를 방으로 들여보낼 때까지 현숙 씨를 한 번 돌아볼 여유가 없었다. 네 아빠가 뭐가 부족해서 이혼하냐고 양가 친척이 똑같이 현숙 씨를 나무랄 때도 입을 다물었다. 둘 중 누구의 편도 들고 싶지 않았다기보다 숨겨놓은 바람을 직시하고 싶지 않았던 것이다. 화목한 가족이었으면 했다. 동규 씨는 아버지의 모습으로, 현숙 씨는 어머니의 모습으로 남아주기를 바랐다. 그렇게 친숙한 판타지 속에서 강한 쪽과 편을 먹고 싶었다.

소지품을 제자리에 놓아두듯 동규 씨는 고개를 돌렸다. 시선을 핸드폰에 고정하고 옆을 돌아보지 않았다. 윤서는 동규 씨의 하얗게 센 머리와 구부러진 등을, 의욕이 있다고 해도 모험을 감행하기 어려울 육체의 증거를 훑어보았다. 이제 동규 씨는 강한 쪽이 아니다. 윤서는 눈을 감았다 뜨고 다시 말했다. 더 느리게, 더 쉽게, 더 명료하게.

나 아파요.

동규 씨가 어디가 아프냐고 물어와서 감기몸살이라고 대답했다. 여전히 어물거리는 동규 씨에게 상을 차리라고 했더니 그제야 핸드폰을 놔두고 일어났다. 윤서는 소파에 기대앉아 동규 씨의 핸드폰을 내려다보았다. 검은 글자가 단단한 벽돌처럼 화면을 가득 메우고 있었다.

밥 먹어라.

부엌에서 동규 씨 목소리가 들렸다. 윤서는 세 번 부를 때까지 기다릴까 하다가 몸을 일으켰다. 쟁반에 죽그릇을 담아 방에 들어갔지만 목이 아파 반도 먹지 못했다. 쟁반을 가지고 나오자 동규 씨가 감기약을 내밀었다. 윤서는 알약을 한입에 털어 넣었다. 남긴 죽을 보고 동규 씨가 혀를 찼다. 윤서는 방에 들어가면서 문을 약간 열어놓았다.

침대에 대충 드러누웠더니 팔이 매트리스 밖으로 삐져나왔다. 손목을 이리저리 돌리며 행거 뒤에 숨긴 상자를 생각했다. 이제 절반이나 남았을까. 팔릴 만큼 팔리고 남은 책들을 슬슬 정리해야겠다 싶었다. 반대 방향으로 고개를 돌리자 생리대가 들어 있는 서랍에 시선이 닿았다. 여기에 거주하는 동안 파우치를 꺼낼 일은 없을 것이다. 잠시 슬퍼졌다가 문틈으로 설거지하는 소리가 요란하게 들려와 픽 웃고 말았다.

5

얼어붙었던 빙판이 서서히 녹을 무렵 면접 제의가 왔다. 윤서는 취업하자마자 데스크톱 컴퓨터부터 주문했다. 동규 씨가 신이 나서 컴퓨터를 만지작거린 건 며칠에 불과했다. 간간이 영화를 보기는 했지만 여전히 핸드폰으로 웹소설을 읽는 시간 이 더 길었다.

언젠가 비엘을 두고 '이런 걸 왜 보냐'고 하기에 윤서는 '요 즘 유행이야'라고 대답했다. 동규 씨는 그동안 있는 줄도 몰랐 던 비엘이라는 장르를 피해가기 시작했다. 더 읽을 게 없으면 취향에 맞지 않는 이야기를 애써 감당하는 경험을 하게 될지 도 모르겠다 싶었는데 그새 무료 쿠폰 받는 법을 익혔다. 보관 함 밖을 기웃거리는 동규 씨에게서 눈을 떼고 윤서는 좋아하 는 작가의 신작을 결제했다.

첫 월급을 받고 현숙 씨를 만났다. 윤서가 출근하기 시작하고 부터 동규 씨가 설거지를 도맡아 한다는 소식을 전했더니 꽤 놀 라워했다. 마누라보다 자식이라며 투덜거리는 현숙 씨에게서 구 년 전의 잔재가 보였다. 라움 라움. 모순을 알아채기 전까지 는 그저 아름다웠다. 실패하기 전까지는 주인공이었던 것처럼. 윤서는 곰돌이 이모티콘처럼 웃으며 현숙 씨를 달랬다.

날이 좋아 카페에 들어가기 전에 가까운 공원에서 산책하기 로 했다. 횡단보도 앞에서 신호가 바뀌기를 기다리는데 포교 활동을 하는 사람이 다가왔다. 윤서에게는 눈길도 안 주고 왜 소한 체격의 현숙 씨에게만 달라붙는 꼴이 마뜩잖았다. 현숙 씨의 어깨를 감싸 안으며 딱딱한 어조로 가시라고 했더니 그제야 눈치를 보며 떨어져 나갔다.

아들 같은 딸이라 좋네.

빙긋 웃는 현숙 씨에게 윤서가 대꾸했다.

아들 같은 딸 말고 그냥⋯⋯.

뒷말을 잇지 못하고 혀가 굳었다. 정체성을 설명하는 무수한 단어 중에 딱 들어맞는 말이 없어서. 부정형으로 세우는 정체성도 과연 정체성이랄 수 있을지. 답지 않음을 다움으로 바꾸기란 버거운 일이라. 커다란 주걱으로 세상을 푸스를 수만 있다면 참 좋을 것 같았다. 밥도 숨을 쉬어야 하는데⋯⋯.

마침 신호가 바뀌어 그대로 입을 다물고 횡단보도를 건넜다. 공원에는 가족 단위로 나온 사람들이 많았다. 막 움트기 시작한 새순과 꽃봉오리가 액자 틀처럼 그들을 둘러쌌다. 이해하기 쉬운 풍경에서 눈을 떼고 현숙 씨가 물었다. 이혼을 결심한 계기를 아느냐는 질문에 윤서는 고개를 저었다.

내가 과일을 좋아하잖니.

상태가 좋은 과일은 동규 씨를 주고 자신은 곯았거나 상한 부위가 있는 과일만 골라 먹다가 그런 생각이 들었다고 했다. 이대로는 평생 맛있는 과일은 입도 대지 못하겠다고. 윤서는 상태가 좋은 과일을 받아먹는 입장이었음을 상기하며 물었다.

이젠 맛있는 것만 먹겠네?

아니지. 맛있는 것도 맛없는 것도 다 먹는 거지.

현숙 씨가 아주 우스운 농담을 했다는 듯이 크게 웃었다. 동규 씨와 이혼하고 나서 현숙 씨는 종종 침울해졌지만 예전보다 더 활짝 웃었다.

그 집에서 나오고 싶으면 얼른 나와. 내가 책임질 테니까.

윤서는 현숙 씨의 얼굴을 찬찬히 들여다보았다. 언젠가 읽어주지 못한 표정이 그 안에 숨어 있을지도 모르지만, 새로이 덧칠된 감정이 워낙 생생해 지난 흔적을 찾아보기 어려웠다. 윤서가 봄이 지난 다음 생각해보겠다고 대답하자 현숙 씨가 그 등을 토닥였다. 그리고 얼마 전 베트남에 다녀온 이야기를 늘어놓기 시작했다. 윤서는 이름 모를 풀꽃을 곁눈질하며 간간이 고개를 끄덕였다.

현숙 씨와 헤어지고 오는 길에 크림빵을 샀다. 씻고 나올 동안 동규 씨가 절반쯤 먹고 남겨두었다. 절단면이 뭉개진 크림빵을 마저 드시라 이르고는 방에 들어갔다. 행거를 옆으로 옮긴 다음 벽에 쌓여 있던 상자를 허물었다. 팔고 남은 책을 한데 모으고 껍데기만 남은 상자를 접어서 밖으로 내놓자 휑한 벽이 드러났다. 윤서는 그 벽에 이마를 대보았다. 종이 냄새가 났다. 뒤돌아 등을 대보았다. 친숙했던 이야기를 덜어낸 만큼 비어버린 공간이 보였다. 윤서는 거기에 우선 흰 숨을 조심스럽게 채워 넣었다.

룸■룸

창문을 언제 마지막으로 열었을까. 암회색 블라인드가 끝까지 내려가 있었다. 형광등을 켜놓아도 어둠이 남아 있는 기분이다. 정체된 공기의 텁텁한 느낌이 익숙했다. 나도 모르게 킁킁 냄새를 맡았다. 다행히 곰팡내는 나지 않았다.

서류 펼 일이 많아 근처에 방을 빌렸어요.

대표라는 사람이 그렇게 말했을 때 짐작했어야 했다. 엘리베이터에서 내려 현관문을 열자 보일러실 같은 좁은 창고가 나타났다. 정면 벽에 매달린 원통형 설치물이 진짜 보일러라는 걸 알아차리기까지 시간이 걸렸다. 양옆에 흰색으로 칠한 문이 벽처럼 서 있었다. 대표는 그중 왼쪽 문에 열쇠를 꽂았다. 사무실 같지 않아서 주춤했다가 여성 전용층이라는 말에 신발을 벗었다.

내일부터 여기로 출근하세요.

대표는 서류를 스캔해 보내는 방법만 알려주고 곧바로 떠났다. 뭘 물어볼 새도 없이 제 할 말만 하고 가다니 어지간히 바쁜가 보네. 처음 구인 공고를 봤을 때는 보이스피싱인가 했다. 다른 설명 없이 '서류 떼는 간단한 일'이라니 의심스럽기 짝이 없었지만, 시급이 최저임금보다 높았다. 고작 100원 단위일지라도 한 달이면 1만 원 단위로 차이가 난다. 남 주기 아까운 마음에 서둘러 이력서를 넣었다. 명의를 빌려달라거나 하면 도망가야지. 면접을 보러 가는 길에도 반신반의하다가 대표를 보고서야 안심했다. 외투에 달라붙어 있는 털이 인상적이었다. 프로필 사진에 올려둔 고양이를 실제로 키우는지 체다치즈색이었다. 반려동물을, 그것도 고양이를 키우는데 못된 사람일 리가. 나는 애써 불안을 지우고 방을 둘러보기 시작했다.

여태 처음 보는 구조였다. 보일러가 있는 현관은 몇 번 봤어도 그 안에서 방을 나누어 세를 주는 데는 보지 못했다. 싱크대가 없는 것도 특이하고. 두 평 남짓한 방에 옷장이 하나, 벽걸이 에어컨이 하나, 허리 높이까지 오는 냉장고가 하나, 그 위에 전기주전자가 하나, 그리고 창문이 두 개다. 긴 책상과 회전의자가 가운데 자리를 죄다 차지해서 남은 공간은 통로 역할밖에 할 수 없었다. 암회색 블라인드 줄을 잡아당기자 햇빛이 조금씩 안으로 넘어왔다.

한때 채광 좋은 집을 동경했다. 높은 건물로 둘러싸인 방은 한낮에도 어두컴컴했다. 결로가 있기라도 하면 사계절 내내 곰팡이와 씨름해야 했다. 쿰쿰한 냄새를 맡을 때마다 계약 만기일까지 남은 날짜를 셈하곤 했다. 얼마 전 이사할 집을 보러 다닐 때는 일부러 해가 떠 있는 시간대에 움직였다. 채광이 좋다 싶으면 위치가 나쁘거나 너무 좁거나 했다. 8차선 도로와 인접한 필로티 형태 빌라가 그중 최악이었다. 역세권이라고 해도 창문을 열기는커녕 온종일 공기청정기를 돌리고 노이즈캔슬링 이어폰까지 착용해야 할 판인데 월세마저 높았다. 그래도 누군가는 들어가겠지. 내가 채광에 민감해졌듯이 무언가에 민감해지겠지. 감내한 시간만큼 좋은 운을 맞이하기를 바라는 건 욕심이 아니겠지. 그 집은 현관문을 열고 들어선 순간부터 창에서 눈을 뗄 수 없었다. 하나는 빛이 충만했고, 하나는 파란 하늘이 넘실거렸다. 불을 켜지 않아도 방구석까지 환해서 마른 이불 냄새가 나는 것 같았다. 창문을 열자 새소리가 들렸다. 이런 집을 원했다고, 상기되어 내뱉는 순간 돌이킬 수 없어졌다. 예산보다 비싼 집을 보여주는 것이 부동산 중개업자의 술수라는 걸 알면서도 계약금을 걸고 돌아왔다. 대출받을 때 잠시 후회가 일었지만, 어차피 거기에 그 집이 있는 이상 다른 데는 성에 차지 않았을 것이다. 단 몇 년이라도 사진으로 남겨둘 만한 풍경 속에서 살고 싶었다.

두 개의 창을 넘어온 빛이 방을 채웠다. 유리마다 에어캡이 붙어 있어 바깥은 보이지 않았다. 컴퓨터와 스캐너와 프린터가 올라가 있는 긴 책상 때문에 큰 창문은 걸쇠를 풀기 힘들었다. 작은 창문을 열자 이웃한 건물 벽이 보였다. 바깥 공기가 서늘하게 밀려왔다. 내 집과는 다르다. 화장실 크기도 집보다 작았다. 창밖에서 무거운 금속이 부딪치는 소리가 들렸다. 오는 길에 쇠붙이가 쌓여 있는 공장들을 보았다. 막 건물을 올리기 시작한 공사터도 있었다. 이미 도로 건너편에는 지하상가가 있는 대규모 빌딩이 들어섰다. 날이 추워질 시기라 다행이었다. 창문을 닫으면 시끄러운 소리가 잘 들리지 않았다. 큰 창문으로 넘어오는 햇빛이 환해서 컴퓨터 모니터를 보기에 눈이 부셨다. 나는 암회색 블라인드를 원래대로 끝까지 내려놓았다.

점심시간이 되도록 대표로부터 연락이 없었다. 식대가 급여에 포함되어 있기에 점심은 알아서 해결해야 한다. 방을 나가려다가 열쇠를 받지 못했다는 사실을 깨달았다. 옆방은 비어 있다고 들었으니 신경 쓰지 않기로 했다.

엘리베이터에서 내려 당혹감을 느꼈다. 정문이 막혀 있었다. 유리로 된 문 테두리에 빙 둘러 청테이프를 붙여 놓았다. 개방금지라는 안내문 아래 플라스틱 통과 청소도구 같은 짐까지 쌓여 있었다. 아까는 정신없이 따라가느라 정문이 막힌 줄도 몰랐다. 어디로 나가야 할지 몰라 허둥대다가 1층 현관문에 키패드가 없는 걸 알아차렸다. 손잡이를 당기자 문이 열리고 보일러실 같은 현관 대신 주차장이 나타났다. 원래 있던 방을 없애고 주차장으로 만든 걸까. 하여간 회사도 특이하고, 건물도 특이하고, 급여는 제대로 들어오려나.

편의점에서 도시락을 들었다가 도로 내려놓고 삼각김밥을 집어 계산해 나왔다. 급여일까지는 긴장을 풀 수 없다. 불운은 예고 없이 닥치는 법이니까. 새집으로 이사하기 이틀 전에 해고된 것처럼. 누구나 할 수 있는 사무직이란 게 그렇지. 갈 데는 많으나 갈 만한 데는 적고, 어렵게 들어가서 쉽게 나온다. 이삿짐을 풀 새도 없이 이력서부터 넣었다. 일자리를 빨리 구해 다행이었고, 보이스피싱은 아닌 것 같아 또 다행이었다. 유리로 된 정문 앞에서 발을 멈췄다. 건물 외벽에 세입자 모집 현수막이 크게 붙어 있었다.

셰어형 원룸.

보증금 없이 선납 4개월. 관리비 전기요금 별도.

기본옵션: 인터넷, 에어컨, 냉장고, 옷장, 전기주전자.

공용옵션: 세탁기, 건조기, 인덕션, 전자레인지.

현수막 덕분에 공용공간이 있는 줄 알았다. 그나마 화장실은 방에 딸려 있어서 다행이었다. 보증금이 없는데도 월세가 낮은걸. 이사하기 전이었으면 혹했으려나. 햇빛을 가득 머금은 창을 떠올리자 입꼬리가 저절로 올라갔다. 집에 가면 그동안 미뤄두었던 짐 정리를 해야지.

주차장 안쪽 출입문으로 다가가 대표가 알려준 비밀번호를 눌렀다. 엘리베이터 옆에 설치된 CCTV 모니터가 눈에 띄었다. 아홉 개로 분할된 화면 중 상단 우측에 플리스재킷을 입은 뒷모습이 보였다. 고개를 옆으로 기울이자 뒤통수가 따라 움직였다.

CH-1 주차장 CH-2 주차장 CH-3 플리스재킷을 입은 사람이 엘리베이터 앞에 서 있다.
CH-4 안 CH-5 안 CH-6 밖
CH-7 밖 CH-8 정문 CH-9 ■

비밀번호를 눌러 현관문을 열고 이어서 방문을 열었다. 가방을 냉장고 옆에 내려놓고 경량패딩과 목도리를 옷장에 걸었다. 물티슈로 책상을 닦은 다음 컴퓨터와 스캐너 전원 버튼을 눌렀다. 가방을 열어 그 안에서 지퍼백을 꺼냈다. 어제 첫 급여를 받은 기념으로 배달시켜 먹고 남은 치킨을 포장해왔다. 한 끼 식사로는 부족한 양이기에 두유도 한 팩 가져왔다. 작은 창문을 열어 환기를 시키고 전기주전자를 집어 들었다. 방문을 열고 나서자 맞은편에 꽉 닫힌 문이 보였다. 옆방은 한 달 동안 계속 비어 있었다.

6층에서 계단으로 한 층 더 올라가면 공용공간이다. 대표가 커피믹스를 보냈을 때 처음 올라가봤다. 가운데 기둥을 기준으로 왼쪽이 주방, 오른쪽이 세탁실이다. 정돈은 잘 되어 있어도 모서리에 먼지가 쌓여 있고, 싱크대에 물때가 껴 있어 청결해 보이지는 않았다. 정수기라고 다르겠냐마는 생수 가격을 셈해보고 튼튼한 위장을 믿기로 했다. 어차피 한 번 끓이기도 하니까.

물을 가득 담은 전기주전자를 들고 엘리베이터에서 내렸다. 방에 냉기가 그득해 얼른 창문을 닫고 보일러를 틀었다. 관리비에 왜 전기요금만 별도인지 금방 알았다. 건물에 가스 사용 설비가 없었다. 보일러는 전기보일러고, 공용공간에도 인덕션을 비롯해 전자제품만 갖춰놓았다. 전기보일러 성능이 좋지 않은지 설정 온도를 올려도 발이 시려서 털실내화를 구입했다. 원플러스원이라 한 켤레는 집에서 사용한다.

월초에 가스요금 고지서를 받아보고 놀랐다. 공과금이 오를 줄 알았음에도 숫자를 두 번이나 확인할 정도의 금액이었다. 아직 초겨울인데 한창 추울 때는 얼마나 나올지 가늠이 되지 않았다. 즉시 난방 방식을 실온에서 예약으로 바꾸고, 창문에 에어캡을 붙였다. 수면양말을 신고, 내복을 입고, 물을 쓰고 나면 수도꼭지를 냉수 방향으로 옮겨놓았다. 세탁기를 돌릴 때 온수 사용을 중단할지 고민하다가 다음 고지서를 받을 때까지 결정을 미루기로 했다.

전기주전자의 물이 끓을 동안 핸드폰으로 쇼핑몰을 살폈다. 대출이자가 늘어난 만큼 여윳돈이 줄어 그만큼 아껴야 했다. 예전보다 더 꼼꼼하게 가격을 비교해서 휴지를 장바구니에 담았을 때 대표가 보낸 메시지가 연이어 도착했다. 팬데믹 시기에도 해본 적이 없는 비대면 업무다.

구인 공고에 적힌 대로 일은 간단했다. 대표가 요청하는 서류를 발급받아 스캔한 파일을 메시지로 보내기만 하면 됐다. 필요한 사이트들은 이미 웹 브라우저에 북마크되어 있었다. 간혹 처음 보는 서류를 요청하기도 했는데 검색하면 발급 과정을 쉽게 찾을 수 있었다. 언제 메시지가 올지 몰라 컴퓨터 앞을 떠날 수 없다는 제약 외에는 거리낄 것이 없었다. 편한 복장에, 상사 눈치 없이, 한가할 때는 마음껏 핸드폰을 할 수 있어서 좋았다. 근속은 선택 이전에 운의 영역이기에 끓는 물을 앞에 두고 두 손 모아 기원했다. 모쪼록 빚을 다 갚을 때까지는 계속 일할 수 있기를.

텀블러에 커피를 타 와서 의자에 앉았다. 웹 브라우저를 열고 인터넷등기소에 접속해 부동산등기부등본부터 신청했다. PDF 파일이 열 개쯤 모였을 때 하나씩 열어 주소가 일치하는지 확인하고 대표에게 보냈다. 내가 얼마나 빠른지 보라고, 심지어 꼼꼼하기까지 하다니까, 나만큼 일 잘하는 사람도 없을 걸, 돈이 아깝지 않을 거야. 다행히 대표도 만족했는지 커피믹스와 비스킷을 넉넉하게 배송시켜주었다.

비스킷을 하나 먹고 그새 미지근해진 커피를 마셨다. 화장실은 가지 않았다. 관공서 화장실 한 칸이 여기 화장실 전체보다 넓었다. 변기 커버도 따뜻하고, 손세정제 향도 좋고, 무엇보다 내가 청소할 필요가 없다. 내 집도 아닌데 방 청소는 몰라도 화장실 청소까지 떠맡고 싶지는 않았다. 그럼 뭐라고 하지. 집은 아니고 사무실이라기에는 애매한 이 공간을 뭐라고 불러야 좋을까.

어디가 됐든 사람이 머물기 위해서는 최소한의 생활용품이 필요하다. 대표를 두 번째 만났을 때 요청할까 하다가 입을 다물고 집에서 휴지와 물티슈를 가져다 놓았다. 대표 말로는 이력서를 보낸 사람이 팔십 명이 넘는다고 했다. 내가 채용된 이유는 그저 공고를 일찍 발견한 덕분에 가장 빨리 이력서를 보냈기 때문이었다. 몇 분 또는 몇 초. 운은 그렇게 사소한 지점에서 갈라진다. 그러니 어쩌면 말 몇 마디에 갈릴 수도 있는 것이다.

인터넷으로 가능한 업무를 마무리하고 일어났다. 동사무소 또는 등기소에 직접 가야 발급이 가능한 서류들이 있었다. 가방을 메고 검은색 마스크를 착용하고 핸드폰을 주머니에 넣는 것으로 나갈 채비가 끝났다. 팬데믹이 끝나고도 마스크를 계속 쓴 이유는 인플루엔자 바이러스 방지에 탁월할 뿐만 아니라 방한 효과까지 있다는 걸 알았기 때문이다. 게다가 이번 일은 하루 평균 예닐곱 번, 많을 때는 열댓 번까지 찬 바람이 부는 골목을 지나 낯선 사람들이 오가는 관공서를 방문해야 한다. 마스크를 구매한 달에는 주말마다 배달시켜 먹던 치킨을 한 번 걸러야 했지만, 자칫 감기라도 걸려 일을 쉬게 되면 그보다 급여가 줄어들기 때문에 감수하기로 했다.

공동현관을 나서자 주차장 기둥 사이로 공장이 보였다. 두꺼운 쇠를 두드려대는 소리에 깜짝 놀라곤 했는데 날이 추워지면서 문을 닫아 잠잠해졌다. 건물 관리인이 분리수거함을 정리하고 있어 가볍게 눈인사하고 지나갔다. 눈이 날리기 시작해 모자를 덮어썼다. 가루눈이라 우산까지는 필요 없을 듯했다. 하루에 7000보는 가볍게 걷기에 얼마 전에 만보기 앱을 더 깔았다. 포인트가 쌓이는 걸 보니 흐뭇해졌다.

갈 때는 가벼웠던 가방이 올 때는 발급받은 서류로 무거워졌다. 업무는 간단해도 활동량이 많아 금세 허기졌다. 돌아가면 비스킷을 하나 더 먹어야지. 건물에 들어가자 엘리베이터 앞에서 서성거리던 배달원이 나를 보고, 정확히는 열린 문을 보고 안도하는 표정을 지었다. 정문이 제구실을 못 하는 바람에 처음 오는 사람은 헤매기 십상이었다. 정문과 붙어 있는 계단도 덩달아 제 역할을 다 못 하고 있었다. 쌓아놓은 짐과 난간에 가로막혀 계단으로 내려가는 건 2층까지만 가능하다. 화재라도 나면 큰일이겠다 싶었는데, 방에 설치되어 있는 완강기를 보고 안심했다.

엘리베이터를 기다리며 CCTV 모니터를 쳐다봤다. CH-1은 출입문 앞에 있는 주차장이다. CH-2는 출입문 반대편에 있는 주차장이다. CH-4는 주방이다. 냉장고 옆으로 테이블과 의자가 보였다. 전기주전자에 물을 채우고 있으면 얼굴이 비치려나. CH-5는 세탁실이다. 그동안 누가 사용하는 걸 보지 못했다. CH-6은 건물 밖 담장이다. 구석에서 뭔가 움직이는 것 같아 기웃거리다가 CH-5에 생긴 변화를 뒤늦게 알아차렸다. 처음 보는 사람이 바구니에 든 옷을 세탁기에 집어넣고 있었다.

점심시간에 집에서 가져온 치킨을 먹으며 생각했다. 공용공간 이용 금액은 월세에 포함되어 있겠지. 이미 대가를 지불한 공간을 활용한다고 해서 문제 될 건 없지 않나. 세탁기만 아니라 건조기까지 있는걸. 빨랫거리를 짊어지고 버스를 타는 장면에서 상상이 멈췄다. 그렇게 아끼면 얼마나 아낀다고. 혼자 피식거리며 웃다가 두유를 마셨다.

CH-1 출입문 앞 주차장 CH-2 출입문 반대편 주차장 CH-3 엘리베이터 앞

CH-4 주방 CH-5 세탁실에 들어온 사람이 주위를 두리번거

린다. 건조기에서 꺼낸 옷을 가방에 담고 일어나 또 주위를 두리번거린다. CH-6 담장에 눈이 쌓인다.

CH-7 분리수거함 CH-8 정문 CH-9 ■

점심시간에 머리를 감기로 했다. 수도꼭지를 온수 방향 끝까지 돌려도 샤워기에서 쏟아지는 물이 미지근했다. 찬물이 아닌 게 어디냐. 두 번째 급여를 받기 전에 한파가 닥쳤다. 집에서 이불을 뒤집어쓴 채 전기장판을 벗어나지 못하고 발을 비비며 일찍 잠을 청했는데도 연말이 지나 확인한 고지서는 기대치에 한참 못 미쳤다. 이대로는 치킨은커녕 마스크도 사지 못하게 될 것 같아서 결국 빨랫거리를 짊어지고 버스를 탔다. 공용 세탁기에 온수가 나올뿐더러 세제도 무료로 제공되었다. 건조가 끝난 수건을 개다가 화장실 수납장에 몇 개 넣어두기를 잘했다. 거품을 씻어내고 수건으로 머리를 문질렀다. 일하면서 대표를 딱 두 번 만났다. 처음에 한 번, 사흘 뒤에 한 번. 나중에 모르는 게 있어서 전화했더니 싫어하는 눈치기에 그 뒤로는 메시지만 주고받았다. 석 달이 다 되도록 대표는 세 번째 방문을 하지 않았다. 시간이 더 지나면 얼굴도 잊어버릴 것 같았다. 나는 집에서 가져온 헤어드라이어를 꺼냈다. 목덜미에 스치는 바람이 따뜻했다.

머리를 다 말리고 의자에 앉았을 때 메시지 도착 알람이 울렸다. 오늘따라 유달리 '신청사건 처리중'이라는 문구가 찍힌 등기부가 많았다. 근저당설정이라든가 소유권이전이라든가 하는 이유가 대부분이지만, 간혹 압류라는 글자가 박혀 있기도 했다. 대표는 어떤 일을 하는 회사인지 대강이라도 설명해주지 않았다. 메시지로는 업무 외 사담을 나누기 어려웠고, 괜한 질문으로 오해를 사고 싶지도 않았다. 구직사이트에 부동산업이라고 되어 있었는데, 집을 가지고 하는 사업이란 게 중개업 외에 또 뭐가 있는지 알지 못했다. 메시지로 도착하는 주소는 전국을 가리지 않았다. 슬며시 떠오르던 의문은 빠르게 가라앉았다. 모른다고 해서 문제가 생기는 것도 아니고, 안다고 해서 선택지가 생기는 것도 아니고.

이제까지 나는 코로나에 걸린 적이 없었다. 신기하기도 하고 우쭐하기도 해서 떠벌렸다가 사람들이 운이 좋다고, 엄청나게 운이 좋다고 말해 차츰 입을 다물게 되었다. 에너지 보존 법칙처럼 행운 보존 법칙이 있어서 운이 좋다고 할 때마다 불운을 하나씩 적립하는 것만 같았다. 그 뒤로는 코로나에 걸린 적이 있는 척, 물만 마셔도 목이 따끔거리고 스치기만 해도 피부가 아렸다는 경험담에 깊이 공감하는 척 고개를 끄덕이며 불운을 가장했다. 운이 좋아서 해가 잘 드는 집을 찾았다. 운이 나빠서 갑자기 해고됐다. 다행히 새 일자리를 빨리 구했다. 그러니 다음은 불운을 맞이할 차례였다.

이사한 다음 날부터 아침마다 눈이 부셔서 일찍 잠이 깼다. 블라인드가 어두운색이면 덜했을 텐데 하필 미색이었다. 안대를 살까 고민하다 싱크대 수납장이 왜 누런색인지 알았다. 햇빛은 곰팡이만 몰아내는 게 아니었다. 코팅이 들떠 벗겨진 부분에서 하얀 가루가 떨어졌다. 게다가 벽 두 면이 창문이라 살림살이를 이리 포개고 저리 포개도 수납공간이 부족했다. 이 참에 미니멀리스트가 되어볼까 했는데 버릴 물건을 고르지 못해서 결국 패브릭 가림막을 주문했다. 블라인드 틀에 남아 있는 테이프 흔적 그대로 패브릭을 달아 파란 하늘이 보이던 창문을 벽으로 바꾸었다. 덕분에 짐 정리가 수월해지기는 했다. 싱크대는 아무리 닦아도 하얀 가루가 없어지지 않아 시트지를 붙였는데 그마저도 떨어져 나갔다. 조미료를 비롯해 주방 살림살이를 전부 수납장 안에 집어넣었더니 싱크대 주위가 텅 비었다. 사람이 살고 있지 않은 것처럼 깔끔해졌다. 밝은 집은, 빛을 담을 공간이 충분할 때나 감당할 수 있는 현실이구나. 나는 채광에 그만 예민해지기로 했다.

암회색 블라인드 아래로 햇살이 은은하게 비친다. 어차피 사진으로 남겨둘 만한 풍경이 아니라면 집보다 여기가 지내기에 더 나아 보였다. 싱크대가 있다고 해서 뭔가를 만들어 먹지도 않으니까. 보증금을 빼면 빚도 다 갚을 수 있을 텐데……. 손가락이 따끔했다. 서류를 스캐너에 집어넣다가 베인 듯했다. 종이를 계속 만지니까 조심하자 해도 아차 하는 순간 상처를 입는다. 검지가 나으면 중지가 다치고 중지가 나으면 또 검지가 다친다. 살펴보니 첫 번째 마디에 실금이 생겼다. 피가 묻어나지는 않아서 그냥 놔두고 마스크를 착용했다.

4967, 4978, 4991…… 5000보를 넘기고 동사무소를 떠났다. 지난달부터 1만 보 채우기를 목표로 삼았다. 바쁘지 않을 때는 골목을 한 바퀴씩 돌았더니 포인트가 빠르게 모였다. 만보기 앱에서 받은 포인트를 모아 교환한 쿠폰은 다시 쿠폰 거래 앱에 팔아 현금화했다. 추수가 끝난 뒤에 이삭 줍는 사람 같달까. 아무리 부지런히 모아도 겨울나기 어렵다는 점이 비슷하달까. 소득을 늘리기보다는 소비를 줄이는 쪽이 훨씬 더 쉬웠다. 이미 한 시간 일찍 출근하고, 한 시간 늦게 퇴근하는 식으로 난방비를 아끼고 있었다. 정수기에서 뜨거운 물을 텀블러에 가득 담아 가져가고, 집에서는 쓰레기를 가져와 버렸다. 도시락 하나로 두 끼를 먹는 시도도 해보았는데 다음 날 폭식하는 바람에 그만두었다. 이제 뭘 더 절약하지. 새어 나가지 못한 입김 때문에 마스크 안이 축축해졌다.

엘리베이터 앞에서 CCTV 모니터를 응시하는 습관이 들었다. CH-1부터 CH-8까지 건물 안팎을 비추는데 CH-9만 ■ 다. 아무것도 없어서 회로를 끊어놓은 걸까, 회로가 끊어졌기 때문에 아무것도 보이지 않는 걸까. 보이지 않으니까 아무것도 아닌 걸까, 아무것도 아니니까 보이지 않는 걸까. 롱패딩 위로 목도리를 두른 뒷모습이 서성인다. 뒤통수 너머 벽이 갈라진다. 문이 닫힙니다. 음성 안내를 듣고서야 엘리베이터가 도착했다는 걸 깨닫고 서둘러 그 안에 몸을 밀어 넣었다.

현관문을 열다가 주춤했다. 이제까지 잠겨 있던 옆방 문이 활짝 열려 있었다. 청소기를 손에 든 건물 관리인이 세입자가 들어올 예정이라고 알려주었다. 곁눈질로 훔쳐본 옆방은 데칼코마니처럼 방향만 다르고 구조가 같았다. 창문 두 개가 모두 건물로 막혀 있어서 낮인데도 그늘진 점만 달랐다. 세입자는 채광에 민감해질 일을 아직 겪지 않은 걸까. 아니면 이미 둔감해졌거나. 무던하되 너무 무심한 사람은 아니기를 바라며 신발을 벗었다.

퇴근 시간이 지나도록 옆방 세입자는 나타나지 않았다. 컵라면이 익기를 기다리는 동안 비스킷을 몇 개 집어 먹었다. 근무 첫 달에 대용량으로 받은 비스킷이 아직 많이 남아 있었다. 날마다 먹었더니 질리기는 했지만 없는 것보다는 나으니까. 남은 국물을 변기에 버리고 편의점 구독 서비스를 신청했다. 이용 횟수 제한이 있기는 해도 도시락을 저렴하게 구입할 방법이 생겨서 좋았다. 구독 신청을 마치고 드라마를 보기 시작했다. 의자에 계속 앉아 있기에는 허리가 아파 바닥에 누웠더니 잠이 솔솔 왔다. 이리저리 뒹굴며 온기를 몸에 한껏 묻히고 일어났다.

현관문을 여는데 뭔가 밀리는 소리가 들렸다. 송장을 보고 이불인 줄 알았다. 여기가 원래 주거시설이라는 사실이 새삼 다가왔다. 밤에도 사람이 존재한다는 의미였다. 열쇠가 없어 문을 잠그지 못하는 걸 들킬 수 있다는 뜻이기도 했다. 나는 도로 방에 들어가 헤어드라이어와 수건과 샴푸를 가방에 담았다. 제자리에서 한 바퀴 돌며 방을 살폈다. 텀블러도 가방에 넣고, 커피믹스와 비스킷도 한 움큼씩 집어넣었다. 오늘 빨래를 하지 않아 다행이었다. 잔뜩 부푼 가방을 메고 나오는데 심장 어딘가가 베이는 느낌이 들었다. 피가 비치지는 않아도 통증은 느껴질 만큼 살짝. 뭐라고 해야 할까. 운이 나쁜 건 아니지만, 운이 좋다기에는 애매한 이 상황을 대체 뭐라고 불러야 좋을까.

대표의 메신저 프로필에는 여전히 체다치즈색 고양이가 있었다. 프로필 배경 사진도 처음 봤을 때랑 변함이 없었다. 통창으로 쏟아져 들어온 햇살이 초록색이 선명한 패브릭 소파에 내려앉는다. 대리석 테이블 위 유리 화병에 생화가 탐스럽게 꽂혀 있다. 고양이 꼬리라도 보이지 않을까 하고 사진을 기웃거리다가 시멘트 결의 바닥을 보고 집이 아닌 줄 알았다. 반쯤 올라간 블라인드 아래로 맞은편 빌딩과 하늘이 보인다. 인접한 벽에도 커다란 창문이 있어 화사한 햇빛이 넘쳐흐른다. 크리스마스 가랜드만 아니면 봄인 줄 알았을 것이다. 블라인드 앞에 아기자기한 화분이 줄지어 늘어서 있다. 사진 귀퉁이에서 캡슐 커피머신과 머그컵이 가지런히 놓인 선반을 발견했다. 이제까지 간식은커녕 커피믹스를 마시는 데에도 눈치가 보이던 회사만 전전했기에 카페를 닮은 공간에서 일하게 될지도 모른다는 기대감만으로 설렜더랬다. 내 집과 똑같이 창문이 두 개라는 사실이 행운의 전조처럼 느껴졌다. 비록 사진일지라도 사무실이, 내가 머물게 될 사무실이, 틀림없이 거기에 존재하고 있었다.

엘리베이터 문이 갈라지고 테두리에 청테이프를 붙여 놓은 유리문이 나타났다. 가로등 불빛이 침침하게 스며든 공간으로 내키지 않는 걸음을 옮겼다. 난간에 가로막힌 계단 너머로 좁은 화단에 욱여넣듯이 자란 나무가 보였다. 밑동에 쌓인 눈 뭉치가 단단하게 엉겨 붙어 있었다. 집에 돌아가봤자 저 추위를 다 털어낼 수 없으리라 생각하니 우울해졌다. 그럴 바에는…… 살아볼까. 화장실이 작은 점은 걸리지만 보증금이 없는 점이 더 매력적이다. 교통비도 절약할 수 있을 테고. 출근길에 버스가 신호등에 걸리지 않도록 해달라고 기도하지 않아도 돼. 그러니 미리 살아보는 연습을 해보면 어떨까. 가스 설비가 없으니 전기요금에서 난방비만 따로 알기 어렵겠지. 옆방과 계량기를 공유해 전기요금을 절반씩 나누어 낸다니까 더더욱 알 방법이 없을 거야. 대표에게 의심받지 않으려면 옆방 세입자가 막 들어온 지금밖에 기회가 없지 않을까. 하다못해 겨울만이라도…… 이번에는 웃음이 나오지 않아 손가락으로 입꼬리를 눌렀다.

CH-1 주차장 CH-2 주차장에 승용차가 들어온다. CH-3 엘리베이터 앞에 코트를 입은 사람이 서 있다. 그가 소매에 묻은 고양이 털을 떼어낸다.

CH-4 주방에 나타난 사람이 정수기로 다가간다. 화면을 등지고 전기주전자에 물을 받는다. CH-5 세탁실 CH-6 담장 위로 담배 연기가 올라간다.

CH-7 분리수거함 CH-8 정문 CH-9 ■

현관문 여닫는 소리에 잠이 깼다. 옆방 사람이 출근했구나. 침낭에서 손을 꺼내 콧등을 살살 문질렀다. 안대를 착용한 것처럼 사방이 어둡다. 배수관으로 물 내려가는 소리가 희미하게 들렸다. 고개를 들어 허리께를 가로지르는 얇은 빛줄기를 곁눈질했다. 입춘이 지나고부터 부쩍 광도가 높아져 예리해 보이기까지 했다. 헬로 에브리원, 지금부터 마술을 시작하겠습니다. 마술사의 조수가 되기라도 한 것처럼 매우 멀쩡하다는 표시로 발가락을 꼼지락거렸다. 나 살아 있어요. 죽지 않았고, 아프지도 않아요. 손가락도 꼬물거렸다. 단단한 면과 맞닿은 손끝에 서서히 힘을 주었다. 문이 활짝 열리고 두 개의 창문이 드러났다. 책상다리에 부딪히지 않게끔 적당히 힘을 줘 침낭째 몸을 옆으로 굴렸다. 옷장에서 빠져나왔다.

숨을 크게 들이마시고 밤새 굽어 있던 무릎을 천천히 폈다. 다리를 벽에 기대 놓고 자다가 쥐가 난 기억이 떠올라 키득 웃었다. 마음먹기까지 며칠, 실행하기까지 또 며칠이 걸렸다. 방에 머무는 날이 하루에서 이틀, 사흘로 늘어나다가 이제 주말에만 집에 들어갔다. 결과는 꽤 만족스러웠다. 침낭을 산 투자금을 회수하고도 남았다. 이게 복지지, 복지가 따로 있나.

나는 양팔을 머리 위로 올려 한껏 기지개를 켰다. 옷장 틈으로는 예리해 보이던 빛이 방에서는 뭉툭하게 희석된 어둠에 불과했다. 건물 벽으로 막혀 있는 작은 창문은 아직 푸르스름했다. 더 누워 있고 싶은 마음을 누르고 그만 침낭에서 몸을 끄집어냈다. 보일러 전원을 끄고 창문을 활짝 열자 영하의 공기가 방 안에 들이쳤다. 화장실에 들어가 문을 꽉 닫았다. 변기 뚜껑에 앉아서 퍼즐게임을 플레이했다. 구슬을 터트리고, 터트리고, 잔뜩 터트린 대가로 무료 이모티콘을 받자마자 화장실을 나왔다. 롱패딩을 입고 양말 너머로 충분히 식은 바닥을 확인한 다음 창문을 닫았다.

대표가 세 번째로 방문한 흔적을 발견한 건 지난주 월요일이었다. 분명히 금요일에 불을 끄고 갔는데 형광등이 켜져 있었고, 무엇보다 방바닥이 따뜻했다. 한 번이 두 번이 되기란 쉬운 법이라 다시 매일 출퇴근하다가 또 한파가 밀어닥치는 바람에 그만두었다. 대신 방바닥이 아니라 옷장 안에 들어가 잠을 청하기 시작했다. 첫날은 긴장하기도 하고 자세를 잘 못 잡기도 해서 쥐가 났는데, 서서히 괜찮아졌다. 옷장 두께만큼 소음이 줄고 추위도 덜해 오히려 잠이 잘 왔다. 나는 침낭을 돌돌 말아 집어넣은 가방을 메고 화장실 수납장에서 신발을 꺼냈다.

문을 열자 현관에 가지런히 놓인 구두가 보였다. 옆방 사람이 오늘은 운동화를 신고 출근했나 보다. 새벽에 나가 밤늦게 들어오기 때문에 얼굴을 본 적은 없었다. 밤새 기침 소리가 들리던데. 나는 손에 들고 있던 신발을 현관에 내려놓았다. 엘리베이터를 타고 6층까지 가서 계단으로 한 층 더 올라갔다. 텀블러에 물을 미지근하게 담아 마시고 뜨거운 물만 받아 커피믹스를 탔다. 달콤한 커피 향이 테이블 주위에 고여 있던 묵은 냄새를 밀어냈다.

커피를 다 마시고 테이블 주위를 걸으며 포인트를 주는 앱을 차례로 방문했다. 견딜 수 없이 손이 시리면 주머니에 집어넣고 온기가 돌아올 때까지 동영상을 보았다. 출근 시간 삼십 분 전에 온수를 가득 담은 텀블러를 들고 엘리베이터를 탔다. 방에 들어가자마자 대표가 다녀간 흔적이 있는지 재빨리 훑어

보았다. 오늘은 오지 않았구나. 다음에는 문 사이에 종잇조각이라도 끼워놔볼까. 보일러를 켜고 가방에서 침낭을 꺼내 옷장 안에 넣었다. 컴퓨터와 스캐너 전원 버튼을 눌렀다. 핸드폰을 충전 케이블에 연결했다. 털실내화를 신고 의자에 앉았다. 에어캡을 투과해 들어온 햇빛을 피해 잠시 눈을 감고 내가 선택한 불운을 음미했다.

옆방과 전기요금을 절반씩 나누어 낸다고 해도 갑자기 너무 많이 나오면 대표가 의심할 수 있었다. 혹은 옆방 사람이 항의할지도 모르고. 그래서 보일러 설정 온도를 낮추었다. 조금 춥기는 해도 롱패딩을 입고 있으면 견딜 만했다. 블라인드를 내리지 않는 것도 같은 이유에서였다. 햇볕은 난방과 조명에 도움이 된다. 컴퓨터 모니터를 볼 때 눈이 부셔도 일하는 데에는 무리가 없었다. 냉장고는 전원플러그를 뽑아두었더니 수납장으로 사용하기 좋아서 수건과 마스크를 넣어두었다. 머리를 감을 때도 찬물만 사용했다. 뒤통수로 쏟아지는 물이 어찌나 차가운지 따갑기까지 했지만, 일부러 냉수마찰을 하는 사람도 있으니 영양제를 먹는 셈 치기로 했다.

메시지 알람에 눈꺼풀을 들어올렸다. 미약한 빛살에 찔린 눈을 질끈 감았다가 뜨고 얼른 마우스를 잡았다. 웹 브라우저를 열어 서류를 발급했다. 프린터에서 막 튀어나온 따끈따끈한 종이를 집어 스캐너로 옮겼다. 검지가 불편한 느낌에 살펴

보니까 베인 데가 염증이 났는지 부어올랐다. 냉장고에서 밴드를 꺼내 붙이고 출력과 스캔을 이어갔다.

비슷한 일을 반복하면서 나도 모르게 눈에 익은 지역명이 있었다. 나중에 검색해보니 그중 일부는 전세 사기가 벌어진 지역이었다. 그중 일부는 인명피해가 크게 난 지역이었다. 몇몇 건물은 경매에 부쳐지기도 했다. 불운을 행운으로 바꾸는 일을 하는 회사였구나. 그렇게 생각하자 마음이 편해졌다. 언제부터인가 검색도 그만두었다.

점심시간이 되어 편의점 도시락을 먹고 머리를 감았다. 건조가 끝난 빨래를 개서 냉장고에 넣어두었다. 의자를 벽에 붙이고 빈 공간을 만들어 스트레칭을 시작했다. 건강이 돈이다. 가만히 있으면 춥기도 하고. 롱패딩 안쪽이 후끈해졌을 때 닫힌 창문으로 두꺼운 쇠를 두드리는 소리가 들렸다. 겨우내 잠잠하다가 날이 풀리니 또 시작이다.

집에서도 비슷한 소리를 들었다. 창문 앞에 철근이 세워지고 차츰차츰 벽이 기어 올라왔다. 낮 동안 쌓인 먼지 때문에 없던 비염까지 생겼다. 창문을 열어도 직사광선이 들어오지 않게 된 날 매트리스에 앉아 패브릭을 응시했다. 일부러 지평선이 선명한 사진으로 골랐다. 그날 보았던 파란 하늘을 그렇게라도 붙잡아두고 싶었다. 동경은 동경으로 남겨두는 편이 나았을까. 어딘가에 있을, 틀림없이 거기에 존재하는 풍경이 아닐지도 모른다는 의심을 삼키며 그만 패브릭을 떼어냈다. 창문을 넘어온 저녁놀이 빛바랜 수납장을 불그죽죽하게 덧발랐다. 집에 머무는 날이 줄자 세간살이를 처분하기가 한층 쉬워졌다. 이제는 집에 들어갈 때 비밀번호도 간혹 틀렸다. 대출 이자를 계속 내느니 계약 만기 전에 이사할지 고민하다가 판단을 유보하기로 했다. 겨울이 끝나면 생각이 달라질지도 모르니까.

문을 나서다가 택배를 발견했다. 그동안 옆방 사람이 주문한 상품은 죄다 수건과 휴지 같은 생활용품이었다. 이번에는 뭘 주문했나 싶어 들여다본 송장에 발열내의라고 적혀 있었다. 나는 마침 도착한 엘리베이터에 얼른 올라탔다. 누가 밖에서 담배를 피우고 들어갔는지 역한 냄새가 났다. 건물을 나서자 기울기 시작한 햇빛이 이마를 찔러대 저절로 고개가 수그러들었다.

발급받은 서류로 묵직해진 가방을 메고 돌아오면서 콧노래를 흥얼거렸다. 창구가 부산스럽다 싶더니 곧 자리 이동이 있을 예정이라고 했다. 유독 까칠하던 담당자를 당분간 안 봐도 된다는 사실에 기분이 좋아졌다. 오늘도 사기를 당했다며 호소하는 노인에게 대기자가 많으니 비켜달라고 말해서 노인이 벌컥 화를 냈다. 지난 넉 달 동안 비슷한 풍경을 간간이 보았다. 평범한 일상이 얼마나 많은 운으로 이루어졌는지 실감할 때마다 불안해졌다. 언젠가 부메랑처럼 대가를 요구할까 봐. 그래서 감당할 만한 불운이 찾아왔을 때는 오히려 안심했는지도 모른다.

쌓인 눈이 굳어 얼어붙은 길을 조심조심 되돌아오다가 멈칫했다. 공장에서 절단 작업이라도 하는지 단단한 무언가가 갈려 나가는 소리와 함께 불꽃이 일었다. 태양을 쪼개어 부순 것 같은 빛 알갱이가 분수처럼 솟구칠 때마다 세상은 눈부시게 밝아졌다가 차츰차츰 어두워졌다. 빛이 머금었을 열기가 공허하게 사라지는 것이 아깝다는 생각이 들었다. 데일지도 모른다는 불안보다 온기에 대한 기대감이 앞서 나도 모르게 손을 뻗었다. 금방이라도 잡힐 것 같던 불티가 순식간에 까맣게 변하더니 자취도 없이 사라졌다. 균열을 내던 소리도 멎었다. 귀를 틀어막은 것처럼 고요해졌다.

곱은 손을 거두어 주머니에 넣고 걸음을 옮겼다. 청테이프를 붙인 유리문 너머로 보이는 계단 경사가 가팔랐다. 자칫 발을 헛디뎠다가는 속절없이 구를 것 같았다. 주차장 기둥에 실금이 가 있는 걸 발견했다. 언제부터 거기에 있었을까. CCTV에 잡히지 않는 사각지대였다. 도어락 앞에서 손가락이 멈췄다. 비밀번호가 기억나지 않았다. 멍하니 서 있는데 출입문이 열리고 노인이 나왔다. 양복을 빼입은 차림새를 이 건물에서 처음 보았다. 스쳐 지나가는 노인에게서 이제껏 맡아본 적 없는 향이 너울거렸다.

엘리베이터를 타고 올라가는 내내 흔들리는 기분이 들었다. 현관에 옆방 사람이 두고 간 구두가 보였다. 어쩌면 대표가 아니었을지도. 방문이 잠겨 있지 않으니 현관문 비밀번호를 아는 사람은 누구라도 들어갈 수 있다. 멈칫하여 가만히 서 있다가 연이어 울리는 메시지 알람에 떠밀리듯 신발을 벗었다. 방문을 열었다. 아무도 없다. 에어컨 옆에 완강기 표지판이 크게 보였다. 갑자기 사용법을 모른다는 생각이 불쑥 들었다. 쇳덩어리를 살피다가 '지지대 사용 방법'이라고 적힌 스티커를 발견했다. 거기에 완강기 사용 방법은 없었다. 창문 옆에 매달려 있는 건 지지대만이다. 옷장 위를 더듬고 화장실 수납장을 열어봐도 고리에 거는 완강기가 보이지 않았다. 어정거리며 더 둘러볼 데가 없는 방을 돌아보았다. 전원을 뽑아놓은 냉장고에서 시계 초침 소리가 크게 들렸다. 숨이 갑갑하니 더운 것 같았다. 발가락이 찌릿하니 추운 것도 같았다.

나는 의자에 앉아 집 주소를 조회했다. 그동안 포인트를 모아 마련한 현금이 유용하게 쓰였다. 등기부에 압류라는 단어는 보이지 않았다. 아직은 괜찮아. 불운의 대가가 불운일 리 없으니. 메시지 알람음이 아까부터 날카롭게 울려대고 있었다. 나는 커피믹스 봉지를 뜯어 바로 입에 털어 넣었다. 꺼끌거리는 이물감을 씹으며 서둘러 마우스를 잡았다. 시야를 부

옇게 채우던 빛이 서서히 흩어지고 저녁놀이 느릿느릿 넘어왔
다. 이제 곧 밝음과 어두움을 구분하기 어려운 시간이다.

CH-1 주차장에 구급차가 경광등을 빛내며 서 있다. CH-2 승용차에서 내린 사람이 출입문을 열고 건물 안으로 들어간다. CH-3 고양이 털이 박힌 코트를 입은 사람이 CCTV 모니터를 쳐다본다.

CH-4 냉장고 옆 테이블에 앉아 있던 사람이 벌떡 일어나 소리 지른다. 왜 나야. 왜 난데. CH-5 세탁기와 건조기가 돌아간다. CH-6 담장 위를 체다치즈색 고양이가 걸어간다. CH-7 분리수거함에 걸어둔 비닐에 연기가 피어오른다. CH-8 정문 앞에 돌 부스러기가 떨어진다. CH-9 옷장 안에 사람이 있다. 문틈으로 새들어온 빛이 점차 붉게 물든다. 조명기구가 달아오르듯 매캐한 냄새가 배어난다. 마술사의 목소리가 들린다. 헬로 에브리원, 지금부터 마술을 시작하겠습니다. 행운을 빌어주세요. 박수 소리가 우렁차게 울려 퍼진다. 옷장 안에 누운 사람은 꼼짝하지 않는다. 박수 소리가 더욱 요란해진다. 잠 좀 자게 조용히 해주시면 안 될까요. 돌연 조명이 꺼지고 적막해진다.

그만한

하루

외길을 홀로 걷는다. 짙은 안개 속에서 들깨밭이 나타난다. 마주난 이파리 위로 푸른 꽃대가 천천히 자라나는 걸 지켜본다. 깻잎 특유의 까슬한 향이 풍성하다. 비탈길을 계속 걸어 올라간다. 바람에 매운 내가 밀려오고 누렇게 시든 고추밭이 보인다. 말라비틀어져 한 덩어리로 뒤얽힌 줄기를 뽑아버릴까 하다가 그만둔다. 어차피 꿈이니까. 나에게는 이제 가파른 길을 오를 힘이 없다. 주위를 에워싼 안개가 점차 푸르스름해진다. 얼마 남지 않은 듯하면서 계속 이어지는 길 양옆으로 넝쿨을 칭칭 휘감은 나무가 솟아오른다. 녹음 아래 고인 그늘이 바닥없는 호수처럼 까맣다. 머뭇거리는 사이 슬금슬금 따라오던 안개가 발목을 휘감는다.

비몽사몽간에 눈을 뜬다. 위쪽에 난 작은 창이 어슴푸레하다. 아침인지 저녁인지 또는 흐린 날인지 가늠하기 힘든 빛 속에 누워 현관문이 열리는 소리를 듣는다. 너는 신발을 벗고 들어와 손에 든 봉지부터 바닥에 내려놓는다. 냉장고 문을 열어 봉지에 든 걸 그 안으로 옮긴다. 누구냐고 물었더니 네가 한숨을 쉬고 말한다.

또 잊어버렸어?

네가 혈육이 아닌 건 분명하다. 나는 이남일녀의 둘째로 오빠는 십여 년 전 간암으로 사망했고, 남동생은 그보다 더 전에 교통사고로 사망했다. 형제들과 사이가 좋은 편은 아니었지만 혈육 중 가장 마지막에 남을 기회를 양보할 수 있었다면 기꺼이 양보했을 것이다. 수시로 안부를 주고받던 친구들도 해가 지날수록 차츰 줄어들었다. 이제는 누가 살았고 누가 죽었는지 헷갈리기도 한다. 너는 아직 흰 머리칼보다 검은 머리칼이 더 많다. 아마도 동생 같은 친구였을 너를 기억하지 못해 미안해진다. 반가워할 기회를 놓쳐서 아쉽고, 만나러 와줘서 고맙다. 자연스레 네가 좋아진다.

너는 컵에 수돗물을 받아 마신다. 목이 말랐는지 연거푸 한 컵을 더 마시고 내 앞으로 온다. 얼굴이 가까워지니 어디서 본 듯도 하다. 쌍꺼풀 없는 눈이 갸름하고 콧망울은 도톰하다. 콧대가 중간에 살짝 솟아 나중에 안경을 걸치기 편해 보인다. 무슨 생각을 하는지 미간에 주름이 잡혔다가 흩어진다. 반듯하게 다물린 입술이 움직인다.

치매가 왔어.

나는 치매를 인지저하증이라고 정정한다. 너는 여전히 다들 치매라고 부른다며 피식 웃다가 내가 원하는 대로 해준다. 얼마 전에 인지저하증 검사를 받았다고 말하는 목소리는 덤덤하지만, 허벅지 위에 올린 손이 가늘게 떨린다. 너를 이해해 안타깝고, 너를 이해할 수 있어 기쁘다.

정품은 너무 비싸더라.

너는 손을 움켜쥐며 말을 잇는다.

중고가 불법이긴 하지만 없지는 않아. 확실히 싸긴 싸더라. 다만 아무래도 새 것은 아니니까 실패할 수도 있대. 그래서 오히려 중고품을 구하는 사람도 있더라고. 운에 맡긴다나. 젊은 애들은 허가가 안 나서 중고품을 사기도 한다는데…… 나는 만에 하나라도 실패하고 싶지 않아.

줄곧 허공을 보며 말하던 얼굴이 내 쪽으로 향한다. 나는 그저 빙긋 웃는다. 무슨 말을 하는지 알아듣지 못해도 이 나이에는 꼬치꼬치 캐묻기가 어렵다. 너는 뒤늦게 내가 못 알아들은 줄 알아차린다.

마음이 급했네.

겸연쩍어하며 양손으로 허벅지를 문지르는 네가 더 좋아진다. 너는 무릎을 짚고 일어나 냉장고 문을 연다. 봉지에서 사

과를 꺼내 쟁반에 담아온다. 붉은 껍질이 나선을 그리며 내려
오는 모양을 보자 오랜만에 식욕이 돋는다. 요즘은 하루에 한
끼만 먹어도 배고픈 줄 모른다. 너는 노란 과육을 쟁반에 놓고
잘게 자른다. 날이 무딘 과도가 쟁반에 닿을 때마다 뭉툭한 쇳
소리가 난다. 나는 사과 한 조각을 입에 넣고 씹는다. 단맛을
기대했는데 신맛이 더 강하다.

기억 못 해도 괜찮아. 내가 기억하니까.

너는 사과를 먹지 않고 말한다.

안락사하자고 했어. 치매가 심해지기 전에.

다시 한번 인지저하증이라고 정정하지만 너는 창문에 시선
을 둔 채 손에 든 과도를 까닥거릴 뿐이다. 사람들 발소리며
타이어 굴러가는 소리가 곧잘 들려오던 바깥이 오늘따라 조용
하다. 창문은 꿈속에서 흘러나오기라도 한 듯 짙은 안개로 가
득 차 희뿌연 빛을 뿌린다.

나는 약속을 지키러 온 거야.

너는 차분한 목소리를 과도에 얹어 사과 껍질 위에 내려놓
는다. 단정하게 마무리하는 손끝이 마음에 든다. 나는 성실한
사람이 싫지 않다. 설혹 의견이 다를지라도 그 애쓰는 모습을
좋아한다. 나는 사과를 한 조각 더 먹는다. 아삭거리는 소리가
입안에 가득 찬다. 하나 더 먹을까 하다가 배부른 느낌이 들어
쟁반을 반 바퀴 돌린다. 갈변하기 시작한 사과가 네 앞에서 멈

춘다. 너는 나를 빤히 쳐다본다.

내가 우리의 일관성이 될게.

까만 동공에 비친 모습이 어쩐지 낯설다. 눈꺼풀이 닫히고 열린다. 나는 내 얼굴이 익숙해질 때까지 네 눈동자를 가만히 들여다본다.

안락사 법이 통과되었을 때 너는 안도했어. 연명치료를 중지하지 못해 몇 년을 고생한 아버지에 대한 기억이 생생했으니까. 욕창이 심해져 피부조직이 괴사하고 뼈까지 드러나는 바람에 얼마나 고통스러워하던지 돌아가셨을 때는 다행이라는 생각마저 들었지. 그래서인지 퇴행성 관절염으로 걸을 수 없게 된 어머니가 안락사하고 싶다고 했을 때는 거부감 없이 동의할 수 있었어. 수경은 너의 결정을 이해하지 못했어. 다들 하니까 눈치가 보여서, 또는 너에게 부담이 될까 봐 미안해서 해본 말일지도 모르잖느냐고 물었어. 너는 어머니가 인지능력과 심리 상태를 평가하는 테스트를 통과했다고 대답했지. 수경이 떠난 건 그 때문인지도 모른다고 너는 생각해.

안락사 조력 캡슐이야.

너는 핸드폰으로 검색한 제품을 나에게 보여줘. 어머니 장례를 치르고 얼마 안 되어 안락사 조력 캡슐이 출시되었어. 거부감을 느끼던 광고에 익숙해지기까지 오래 걸리지 않았지.

이제는 그 종류도 다양해졌어. 추억 영상을 주문 제작해주는 메모리. 가성비를 내세우는 소풍. 피크닉은 티테이블이 내장돼 그 가격이 어마어마해. 네가 보여준 제품은 하얀색 타원체 모양이야. 내가 알처럼 생겼다고 말하자 너는 고개를 끄덕여.

백로를 에그라고 부르기도 해.

처음에 너는 소풍을 염두에 두었어. 전자제품은 기본 기능에만 충실하면 된다고 생각했으니까. 백로가 장례 대행 서비스를 시작하면서 마음이 흔들렸어. 알에서 깨어난 아이의 등에 날개가 돋아나는 광고의 영향은 미미했을 거야. 마음이 흔들린 사람이 너만은 아니었는지 백로의 인기가 삽시간에 높아졌어. 이제 안락사 조력 캡슐이라고 하면 누구나 하얀색 타원체부터 떠올려.

에그를 사고 싶어?

에그를 살 거야.

너는 갈변한 사과를 집어 입에 넣어. 과육의 맛을 느끼지 못할 정도로 머릿속이 복잡해. 안락사 조력 캡슐을 구매하려면 의사의 진단서가 필요하지만 환갑이 넘은 데다가 치매에 걸린 이상 그건 문제가 아니야. 인공지능 테스트를 통과하기도 크게 어렵지 않아. 인터넷에 모범답안이 널려 있으니까. 가장 큰 문제는 뻔하게도 돈이었어.

중고는 안 돼. 만에 하나 실패하기라도 하면…… 치매가 아니라 돈 때문에 끝장날 거야. 두 번째는 없다고 봐야 해. 중고로는 장례 대행 서비스를 신청할 수 없기도 하고.

너는 가난하지 않았어. 대학을 졸업하자마자 일하기 시작했고, 독립한 이후로는 부모에게 일정 금액을 생활비로 보낼 만큼 여유가 있었어. 직장은 여러 번 바뀌었을지라도 두 달 이상 일을 쉬어본 적이 없는데 집은 사지 못했어. 전세가 최선이었지. 찔끔찔끔 오르던 연봉은 언제부터인가 서서히 낮아지기 시작했어. 최저임금으로도 사무직을 구하기 어려워지면서 몸을 쓰는 일을 시작했지만 녹록지 않았어. 남의 아이를 돌보거나, 남의 집을 돌보거나, 남의 건물을 돌보거나, 남의 위장을 돌보거나. 물기가 남은 바닥에서 미끄러지는 바람에 다리가 부러져 일을 못 하고 병원비만 날렸을 때 너는 생각했어. 앞으로 얼마나 더 일할 수 있을까. 직후에 치매가 왔다는 걸 알았고, 그제야 너는 나와 한 약속을 떠올린 거지.

만약 백로가 없었다면 너는 가성비 좋은 소풍으로 만족했을 거야. 남은 돈으로 안락사하기 전에 며칠은 풍족하게 보낼 수도 있었겠지. 다만 백로가 시장에 나오면서 무시하기 힘든 변화가 생겼어. 제품 사용자에 한해 시신을 수습하고 화장까지 진행하는 서비스를 반긴 건 공무원만이 아니었어. 언제부터인가 수습할 가족 없이 고독사한 사람에게 세금 도둑이라는 말이 돌기 시작한 거야. 너는 고민하지 않을 수 없었어. 죽음이 아니라 장례까지가 너의 책임인 것만 같아서. 그리고 장례 대행 서비스를 제공하는 안락사 조력 캡슐은 백로가 유일했어. 보증금보다 높은 가격 때문에 얼마나 골머리를 앓았는지 몰라.

훔치자.

에그를?

아니, 돈 말이야.

눈을 끔벅이는 나에게 너는 서둘러 덧붙여.

더도 말고 덜도 말고 딱 부족한 금액만큼만.

너는 얼마 전까지 베이비시터로 일한 신혼부부 집을 지목해. 혼인신고를 하지 않고 한부모 혜택을 받아 청약에 당첨됐다는 말을 들은 적이 있었어. 그들이 명민하게 다른 사람의 몫을 가져갔으니 그걸 다시 명민하게 가져온다고 해서 죄책감 가질 필요는 없을 듯했어. 곧 이사 갈 예정이라 집이 어수선해 뭐가 없어져도 당장 알아차리기 힘들 것도 같았고. 가장 무거운 형벌은 사형이니까 어차피 죽음으로 죗값을 치르는 셈이라고, 너는 이마에 주름을 잡으며 말해.

뭐가 마음에 안 들었는지 다음 날부터 나오지 말라고 하더니 지역 카페에 비방글을 올리더라. 그뿐인 줄 알아. 파견 회사에 연락을 해대서 계약까지 해지되도록 만들었어. 잠시도 쉬는 꼴을 못 보고 잔소리할 때부터 알아봤어야 했는데. 제 딴에는 설렁설렁 봐주었다는 식으로 써놓은 걸 보니 기가 차더라고. 자기들이 하면 사흘 만에 곡소리 냈을걸. 몇 번이나 여사님이라고 불러달라고 했는데 끝까지 이모래.

핑계랍시고 갖다 붙이는 말이 구차하게 느껴져서 너는 입을 다물어. 과즙이 묻어 끈적이는 손가락을 허벅지에 문질러. 내 입에서 나올 말을 기다리며 긴장해.

에그가 필요한 거지?

바닥을 짚고 천천히 일어나는 나를 따라 너의 시선이 움직여. 주섬주섬 옷을 갈아입는 나를 가만히 쳐다보다가 너는 일어나. 쟁반을 정리하고 서랍장 옆 상자에서 모자를 꺼내 와 나에게 씌워줘. 현관문을 열어놓고 먼저 계단을 올라가. 두 걸음에 한 계단씩 올라가는 내 모습을 지켜보다가 길가에 핀 꽃을 발견해. 채송화는 아니고……. 내가 마지막 계단에 발을 올리는 순간 너는 퍼뜩 이름이 생각나. 팬지. 수경이 좋아하던 꽃이었어.

바람에 모자가 날아가지 않도록 깊이 눌러쓴다. 머리숱이 적은 탓에 남들에게 보이기 창피하다. 옷은 해지도록 입지만 모자는 괜히 욕심이 나서 하나씩 사들인 게 상자에 가득하다. 그걸 알고 있다면 꽤 친한 친구였을 텐데 도무지 기억나지 않아 속상해진다. 네 말마따나 일관성은 더 이상 나의 정체성이 아니다. 그날그날 가진 기억에 따라 다른 모양의 하루를 보낸다. 때로는 몸에 새겨진 습관이 더 확고하다는 생각도 든다. 이를테면 사과는 껍질을 깎아 먹고, 외출할 때는 모자를 쓰는 버릇 같은 것 말이다. 그걸 알아주는 친구는 귀하다. 순대에 와인을 마시기로 한 약속을 미루고서라도 기꺼이 너와 어울리기로 한다.

여기서 멀지 않아. 버스 타고 몇 정거장만 가면 돼.

나란히 걸으며 말하던 너는 목소리를 낮춘다.

경비원이 쓰레기 정리하는 시간에 들어갈 거야. 아파트 공동현관 비밀번호는 알고 있어. 현관문은 전자키를 가지고 있고. 망만 봐주면 나머지는 알아서 할게.

나도 한때 아파트에 살았던 적이 있다. 아버지 간병비를 대느라 전세 보증금을 헐어 빌라로 이사한 뒤로 다시 아파트에 갈 만큼 돈을 모으지 못했다. 오빠와 남동생은 나보다 벌이가 좋았지만 가정이 있다는 이유로 번번이 양해를 구했다. 어머니 장례를 치르고 나서는 혼자 살 집을 찾기가 여간 어렵지 않았다. 연고 없는 노인이 고독사할까 염려하는 눈치가 역력했다. 안락사 조력 캡슐을 가지고 있으면 그나마 방을 구하기 쉽다는 중개업자 말에 그저 웃기만 했다.

지금 사는 집은 몇 개월 동안 공실이었던 반지하다. 검은 곰팡이가 잔뜩 낀 세탁기는 도무지 손쓸 방법이 없어서 임대인에게 연락했지만, 돌아가다 말다 하는 보일러 상태는 알리지 않았다. 난방텐트며 온수팩이며 기모양말까지 난방비를 아낄 방법을 여럿 알고 있기 때문이다. 시장이 가까워 현금으로 물건을 살 수 있고, 주변에 경사가 진 길이 적어 지팡이를 쓰지 않고도 곧잘 걸을 만하다는 점은 좋았다.

민폐가 되고 싶지 않아.

네 목소리가 얼마나 작은지 멀리 떨어져 있는 듯 느껴진다. 나는 걸음을 멈춘다. 이면도로에 돋아난 잎줄기 사이로 선명한 보라색 꽃잎이 보인다. 옆에 노란색 팬지도 있다. 보들보들해 보이는 꽃잎을 만져보고 싶지만 한번 앉으면 다시 일어나기 힘들어 선 채로 구경한다.

어디 가세요?

고개를 드니 처음 보는 여자가 옆에 서 있다. 원래 나이가 들면 꽃이 좋아지는 법이라고, 젊어서는 장미꽃다발을 안겨줘도 마다했는데 이제는 길가에 핀 꽃 한 송이도 너무 예쁘다고 했더니 여자가 빙긋 웃는다. 립스틱 색이 화사하다. 나는 입술에 바셀린을 바른 지 오래되었다. 덕분에 건조한 날씨에도 입술이 트지 않는다. 어깨가 아파 머리를 감고 말리는 시간을 줄여보려고 시작한 숏컷이 상당히 편하다는 사실을 알았다. 그렇게 해마다 바뀌는 몸 상태에 적응하는 법을 배워나갔다. 둥글게 나온 배 위로 자꾸 음식을 흘린다거나, 크게 웃거나 기침하면 오줌을 질금거려 속옷이 축축해진다거나, 소화가 잘 안 돼 입에서 냄새가 나고 트림이 자주 나온다거나 하는 일들은 사소한 편이다. 허리나 무릎이 아프면 진통제를 먹고 그저 버티는 수밖에 도리가 없는데 그마저도 이골이 났다. 가장 나쁜 상상은 스스로 어찌할 수 없는 상황에 놓이는 순간이다. 인지 저하증이 더 심해지거나 잘 걷지 못하게 되어도 과연 나는 적응할 수 있을까.

문득 차가운 것이 뺨에 닿아 하늘을 쳐다본다. 구름 한 점 없이 맑다. 주위를 두리번거리다가 멀리 제초제를 뿌리는 인부를 발견한다. 나는 허둥지둥 주저앉아 손으로 흙을 헤친다. 뿌리째로 퍼 올린 팬지를 꽃잎 하나 다칠세라 조심스레 주머니에 집어넣는다. 수경은 식용 팬지를 길러 에이드로 만들곤 했다. 그 맛과 향은 잘 떠오르지 않아도 팬지 에이드를 기억해 낸 자신이 대견하다. 나는 앓는 소리를 입안으로 삼켜 넣으며 무릎을 짚고 일어난다. 주머니 속의 꽃은 양지바른 곳에 적당히 옮겨 심을 생각이다.

딴짓하는 사이에 앞서갔는지 네 모습이 보이지 않는다. 에그를 산다고 했으니 시장에 가면 만날 수 있을 것이다. 나는 신선한 계란을 파는 가게를 너에게 알려줄 생각이다. 청란을 파는 곳도 있고, 착색하지 않은 흰색 계란을 파는 데도 있다. 난센스 퀴즈도 하나 알고 있다. 나는 퀴즈의 정답을 떠올리며 쿡쿡 웃는다.

어디 가세요?

같은 질문을 또 하나 싶어 돌아보니 아까 그 여자가 아니다. 어린 여자애가 쳐다보는 시선이 날카롭다. 나는 걷기 시작한다. 등 뒤로 따라오는 발걸음 소리가 들린다. 나는 꾸준히 걷는다. 한참을 걸은 것 같은데 너를 찾을 수 없다. 어쩌면 나에게 가파른 오르막을 오를 힘이 없다는 걸 생각 못 하고 갈림길에서 직진했는지도 모른다. 나는 돌아가는 방법을 선택한다. 발걸음 소리가 계속 뒤를 따라온다.

나는 주춤한다. 막힐 리가 없는 골목이 막혀 있어 당황스럽다. 수백 번을 오가며 몸에 새겨넣은 습관은 지나가라고 하는데 두 눈에 비친 풍경은 멈추라고 경고한다. 모퉁이와 모퉁이가 달라붙고 길은 쪼그라들어 틈 하나 없는 벽이 되었다. 발걸음 소리가 가까워진다. 나는 벽 앞에서 어쩔 줄 모르다가 주위를 에워싼 안개를 발견한다. 푸르스름한 안개 너머로 코끼리가 걸어간다. 등에 돋아난 아카시아가 걸음걸이마다 흔들린다. 머리에 깨꽃이 자라난 기린이 아카시아 잎을 뜯어 먹는다. 넝쿨을 칭칭 휘감은 나무가 솟아오른다. 까만 그늘이 발끝에 닿는다. 나는 가쁜 숨을 내쉰다. 해일처럼 밀려온 안개가 가장 나쁜 상상을 머리 위로 쏟아붓는다.

너는 안락사 조력 캡슐 사용법을 되짚어.

하나, 캡슐 전원을 켜고 출입문을 연다.

제품마다 사용법이 다르기는 하지만 사소한 차이야. 출입문 버튼을 오픈이 아니라 외출이라고 표시한다든가 눕는 대신 앉으라고 한다든가 하는 정도지.

둘, 캡슐 안에 들어가 시트에 눕고 출입문을 닫는다.

3할은 여기에서 중단한다고 했어. 너는 안락사 조력 캡슐을 오 년째 소유중이라는 사람의 인터뷰를 본 적이 있어. 두 번째 단계에서 안락사를 중단한 뒤로 다시 시도하지 않았지만, 안마의자 옆에 나란히 둔 캡슐을 볼 때마다 마음이 편해진다는 내용이었어. 너는 인터뷰한 사람이 끝내 안락사하지 못하리라 예상했어. 마음의 안정을 얻을 부적으로는 여간 사치스럽지 않다고도 생각했지.

셋, 본인 인증을 한다.

넷, 인지능력과 심리상태를 평가하는 인공지능 테스트를 받는다.

인터넷에서 모범답안을 검색하지 않아도 너는 테스트를 통과할 자신이 있어. 한때 병원에서는 보호자가 없으면 안락사를 허용하지 않았지. 안락사 조력 캡슐이 나오기 전까지 1인 가구의 안락사는 자살과 큰 차이가 없었어. 누군가에게 정신적 손해와 물질적 손해를 일절 입히지 않고 자살을 한 번에 성공하기란 무척 까다로운 일이야. 옥상에서 뛰어내리면 행인에게 민폐이고, 산에서 목매달면 등산객에게 민폐일 테고, 물속에서 익사하면 잠수부에게 민폐가 될 것 같고, 욕실에서 손목을 그어도 집주인에게 민폐겠지. 차 틈새를 청테이프로 꼼꼼히 막고 번개탄을 피우는 방법은 자차인지 렌터카인지에 따라 평가가 갈리지 않을까. 안락사 조력 캡슐이 출시되고 병원에서 진단서를 받는 과정이 간단해지면서 너는 안도했어. 병원으로 갔던 죽음이 집으로 돌아오는 추세가 너는 딱히 싫지 않아.

다섯, 유예 시간을 갖는다.

좋아하는 음악이나 영화를 사전에 등록해 감상할 수도 있어. 너는 뮤지컬 수록곡을 염두에 두고 있어. 두 사람이 지하 미궁으로 향하며 부르는 노래를 즐겨들었지. 뮤지컬은 요금이 비싸 일 년에 겨우 한두 번 정도 관람하고는 했었는데 수경이 떠난 뒤로는 아예 가지 않게 되었어. 수경은 뮤지컬 관람만큼 화분 돌보기도 좋아했어. 한동안 빛이 들지 않는 원룸에 살아 더욱 녹음에 목말랐는지도 몰라. 투룸으로 이사할 때는 채광이 좋은 집을 골랐어. 수경은 식용 꽃을 키워 요리에 활용하거나 차를 만들었어. 꽃말도 많이 알고 있었어. 팬지의 꽃말은······.

기억나지 않아. 어쩌다 시장까지 왔는지 모르겠어. 딴생각을 하다가 몸에 밴 습관대로 움직인 모양이라고 너는 짐작해. 일을 할 때는 귀갓길에 한 정거장 일찍 버스에서 내려 시장을 가로지르곤 했거든. 제철 식재료를 구하기 좋은 데다가 살 게 없어도 구경하는 재미가 쏠쏠했어. 너는 발길을 돌리려다가 쓴웃음을 지어. 평생을 성실하게 살아왔더니 도둑질마저도 열심인 듯싶어서. 너는 마지막으로 시장을 구경하기로 해.

떡집 앞에서 인절미와 절편을 둘러보며 쫄깃한 식감을 되새겨. 수경은 떡보다 빵을 좋아했어. 휴일에 유명한 제과점을 찾아다니는 걸 큰 낙으로 삼았지. 너도 소화력이 떨어지지 않았으면 계속 빵을 좋아했을지 몰라. 이제는 좋아하는 복숭아도 당뇨 걱정 때문에 마음대로 먹기 힘들어. 복숭아 옆에 수경이 좋아했던 한라봉이 나란히 놓여 있어. 과일가게 옆 점포에 딱 봐도 젊은 애들이 입을 법한 옷이 진열되어 있어. 질 나쁜 천에 박음질도 허술하지만 철마다 바뀌는 모양새가 흥미로워 할인 품목을 들춰보다 지나가곤 했어. 이불 가게에는 항상 중년 여자들이 두셋씩 모여 앉아 있었어. 무슨 얘기를 그렇게 재미나게 하는지 툭하면 까르르 웃는 소리가 들려와 살 것도 없으면서 안에 들어가 귀를 기울이다가 말참견하고는 했어. 오늘따라 옷 가게에도 이불 가게에도 손님이 없어. 항상 사람이 붐비던 골목이 한산해.

얼마 걷지 않은 것 같은데 벌써 다리가 아파. 너는 빈 점포에 들어가 쓰러져 있던 의자를 세워 거기에 앉아. 진열대를 보니 반찬가게였던 곳이야. 전세 사기를 당한 주인이 점포 안에서 자살한 뒤로 줄곧 비어 있다고 붕어빵 장수에게 들은 적이 있어. 안락사 조력 캡슐을 사용하지 않아 민폐라고도 했어. 최근 허용 나이가 낮아진 데다가 우울증에도 진단서 발급이 가능해졌다면서…… 전원이 끊긴 냉장고에서 냉기가 새어 나오기라도 하는 것처럼 관절이 쑤셔. 무릎을 꾹꾹 누르고 있자니 앳된 얼굴의 여자애가 물어.

어디 가세요?

너는 대답하지 않아. 에그 살 돈을 훔치러 간다고 대답할 수는 없잖아. 맞은편 생선 가게를 구경하느라 정신이 팔린 척하며 입을 꾹 다물어. 마침 물이 가득 담긴 고무대야에서 팔뚝만 한 생선이 튀어 오르더니 밖으로 떨어져. 울퉁불퉁한 시멘트 바닥에 비늘로 덮인 몸이 퍼덕거려. 어차피 오래 살지는 못할 거야. 곧 팔려가 목이 잘려 죽을 일밖에 남지 않았으니까. 좁은 고무대야에 갇혀 연명하느니 잠깐이라도 자유로운 편이 낫지 않을까 하는 생각이 스치듯 지나가고 너는 흠칫 놀라. 생선이 높이 튀어 올라 고무대야에 부딪히고 도로 시멘트 바닥에 떨어졌어. 마치 돌아가고 싶은 것처럼. 그것이 바다든 고무대야든. 반찬가게 주인도 그저 어딘가로 돌아가고 싶었는지도 몰라. 너는 끙 소리를 내며 일어나. 가게 주인을 불러 생선 좀 챙기라고 한마디하고 시장을 벗어나.

비가 오려는지 날이 흐리고 으슬으슬 추워져. 너는 모자를 깊이 눌러쓰고 주머니에 손을 집어넣어. 주머니에 흙이 한가득 들은 걸 알아채. 너는 섬뜩한 느낌을 떨치듯 얼른 흙덩어리를 털어내. 시든 꽃을 발견하고 손을 멈춰. 다시 심는다 해도 회생할 가능성이 높아 보이지 않지만 이대로 버리면 틀림없이 죽을 터라 너는 꽃을 도로 주머니에 넣어.

시장을 지났으니 이제 버스정류장까지 얼마 남지 않았어. 잰걸음을 옮기다가 혀를 차. 이제 오줌이 마려우면 오래 참기 힘들어. 너는 허둥지둥 눈에 보이는 카페에 들어가. 다행히 카페 사장이 흔쾌히 화장실 사용을 허락해줘. 너는 변기에 앉아서는 지린내를 풍기며 도둑질할 뻔했다고 피식 웃어. 마지막이 머지않았다고 생각하니 마음에 여유가 생기는지 자꾸 웃음이 일었어. 바지춤을 추스르고 화장실을 나오자 창문을 가득 메운 눈송이가 보여. 고민하다가 너는 커피를 한잔 마시기로 해. 화장실 이용 요금이라고 생각하면 조금도 아깝지 않아.

너는 커피를 주문하고 눈이 내리는 풍경을 지켜봐. 뭔가 중요한 걸 잊어버린 것 같은데 도무지 기억나지 않아. 눈이 그칠 줄 모르고 계속 내려. 얼어붙은 물방울에 가지가 돋아나고 뻗어나간 가지에서 잔가지가 돋아나고 잔가지 끝에 꽃이 피어. 훔치러 가야 해. 꽃잎이 눈송이처럼 휘날려. 눈송이가 꽃잎처럼 흩날려. 뭘 훔치려고 했더라. 날카로운 소리가 귀를 긁고 눈부신 빛이 유리창을 스쳐 지나가. 비틀거리는 전조등이 횡단보도를 건너는 사람을 집어삼켜.

　안락사에 동의하시겠습니까?

　나는 기어이 어머니의 안락사에 동의하는 사인을 했다. 장
례를 치르고 나면 끝날 줄 알았는데 끝나지 않았다. 무슨 소용
인가 싶으면서도 안락사와 자살과 살인의 차이를 계속 고민했
다. 어차피 어머니는 되살아날 수 없는데, 자칫했으면 아버지
처럼 고통스럽게 연명했을지도 모르는데, 아파트 전세를 해약
했듯이 빌라 보증금을 헐어야 했을지도 모르고. 어머니를 위
한 결정이라고 믿고 싶었을 뿐 사실은 나를 위한 결정이었는
지도 모른다는 의혹이 싹틀 때마다 약속했다. 언젠가 어머니
에게 행했던 대로 나에게도 행하겠노라고. 그 일관성이 나를
살게 했다.

　어쩌면 오늘이 그날인지도 모른다. 나는 바닥없는 호수처럼
까만 그늘의 경계에 발끝을 대고 선다. 넝쿨이 휘감은 나무 밑
동 언저리에 꽃이 피어 있다. 자세히 보려면 그늘을 지나야 한
다. 나는 발을 내디딘다. 한 걸음만큼 어둠이 밀려나고 안개가
물러난다. 나비 모양으로 펼쳐진 꽃잎이 보인다. 또 한 걸음만
큼 그늘이 흐려지고 안개가 옅어진다. 하얀 꽃잎 끝자락은 분
홍색으로 물들어 있다. 앞으로 나아감에 따라 넝쿨이 시들어
끊어지고 나뭇가지가 벌어지면서 푸른 하늘이 드러난다. 무성

한 잎사귀들이 간격을 두면서 만들어낸 구불구불한 선이 얇은 실개천 같다. 나는 안개 너머로 물 흐르는 소리를 들으며 비탈길을 오른다.

그늘이 끝나자 탁 트인 초원이 나타난다. 싱그러운 풀잎 사이로 외길이 완만하게 뻗어 있다. 나는 뒤를 돌아본다. 안개에 묻혀 그늘이 보이지 않는다. 다시 앞을 바라본다. 보라색 텐트가 눈에 띈다. 나는 외길을 벗어나 초원에 덩그러니 서 있는 텐트 안에 들어간다. 침상에 수경이 누워 꽃잎처럼 자고 있다. 나는 물이 끓는 주전자를 가스레인지에서 내린다. 컵에 믹스커피를 타서 손에 쥐고 너에게 다가간다. 나쁜 꿈이라도 꾸는지 미간을 구기고 끙끙대는 젊은 죽음을 늙은 삶이 내려다본다.

나는 믹스커피를 홀짝거리며 텐트를 나온다. 주머니에 든 꽃을 꺼내 수풀 사이에 심는다. 팬지는 봄에 피어난다. 유리병에 팬지와 레몬을 담아 설탕물을 붓고 며칠 기다리면 투명한 물이 연분홍색에서 자주색으로 변한다. 원액에 얼음을 넣고 탄산수를 부으면 팬지 에이드가 된다. 풋내가 날까 걱정했는데 의외로 달달하니 맛있어서 봄을 기다리게 되었다. 여름마다 꾸역꾸역 울어대는 매미가 대견해지기 시작했다. 가을에 빨갛고 노란 단풍잎을 주워 다이어리를 꾸미는 데에 재미 들렸다. 함박눈을 보며 마시는 와인이 그리 맛이 좋았다. 그러니 훔쳐야지. 삶이 죽음을 침범하거나 죽음이 삶을 침범하기 전에.

희미해진 안개 너머로 자전거를 탄 사람이 비탈길을 힘겹게 오르는 모습이 보인다. 하늘에 고래를 닮은 구름이 석양을 향해 헤엄쳐 간다. 하루가 얼마 남지 않았다.

잘게 부서진 유리가 흩어져 날카롭게 빛나. 너는 카페를 나와 펑펑 쏟아지는 함박눈을 헤치고 걸어가. 아스팔트에 누워 있는 사람을 지켜봐. 느리게 번져 나가는 붉은 웅덩이에 온기를 머금은 김이 안개처럼 피어올라. 너는 겉옷을 벗어서 쓰러진 사람의 얼굴을 덮어. 남동생의 얼굴을 덮어. 오빠의 얼굴을 덮어. 어머니의 얼굴을 덮어. 아버지의…… 너는 예쁜 시체가 되고 싶었어.

어디 가세요?

낯선 사람이, 어쩌면 기억하지 못할 뿐 낯설지 않을지도 모를 사람이 내민 손을 무시하고 너는 일어나. 이제까지 너는 홀로 자신을 책임져왔어. 반려동물도 끝까지 돌볼 자신이 없어서 기를 엄두를 내지 못한 너야. 왕래하던 친구가 중풍에 걸려 반신불수가 되었다거나 치매에 걸려 자식도 알아보지 못한다거나 하는 소식을 들을 때마다 불안했어. 감당하기 힘들 만큼 고통스러울까 봐, 마음이 육체에 구속된 미래로 추락할까 봐, 타인이 너를 좌지우지하게 될까 봐, 내가 나에게 민폐가 될까 봐. 죽음보다 죽음에 이르는 과정이 더 두렵기에 에그가 필요한 거야.

너는 나뭇가지만 앙상한 가로수 옆에 멈춰 서서 신호등 불이 바뀌기를 기다려. 수경은 골목길에 횡단보도가 생기는 걸 싫어했어. 흑백의 선을 긋는 순간 조금 전까지 마음대로 오가던 길에 제한이 생기는 게 이상하지 않으냐고, 사람이 다니는 길은 사라지고 온통 도로가 되어가는 기분이라고 했지. 너는 수경이 너무 까다롭다고 생각했고 때로는 귀찮아지기도 했어. 그때 이별을 예감했는지도 몰라. 신호등에 초록색 불이 들어와. 너는 신호가 바뀌기 전에 건너편에 도착하기 위해 얼른 움직여. 아무리 걸어도 횡단보도가 끝나지 않아. 도중에 빨간색 불이 켜질까 봐 마음이 초조하고 불안해. 어느 순간 갑자기 눈앞에 아파트가 나타나. 버스를 타지 않았는데 어떻게 여기까지 왔는지 모르겠어. 너는 경비실부터 살펴. 아무도 없어. 아파트 안으로 살그머니 들어가려는 찰나 손을 붙잡혀. 너는 화들짝 놀라 뒤돌아봐.

할매 또 왔어.

낯선 사람이 하는 말이 이해되지 않아. 어느새 아파트는 사라지고 경찰 제복을 입은 사람이 네 손을 잡고 있어. 너는 흙이 묻어 지저분한 손을 거두어 주머니에 넣어. 보관해두었던 꽃이 사라지고 없어. 주머니에서 마른 흙이 우수수 떨어져. 발치로 안개가 모여들기 시작해.

이번에는 뭘 훔치러 가?

웃으며 묻는 말에 너는 대답해.

에그.

삽시간에 주위가 조용해져. 어디선가 백로라는 말이 튀어나왔다가 사라져. 너는 어딜 가던 길이었는지 겨우 떠올려. 시장에 신선한 계란을 파는 가게가 아직 그대로 있는지 궁금해. 청란과 착색하지 않은 흰색 계란을 구경한 지 오래된 것 같아. 난센스 퀴즈는 아직 기억하고 있어. 너는 오물거리던 입으로 정답을 말해.

에그머니.

와자하게 일어난 웃음소리를 들으며 너는 깨어나. 어슴푸레한 빛 속에서 눈을 떠. 꽃봉오리 속에 갇힌 것처럼 주위가 온통 보라색이야. 너는 침상에서 일어나 밖으로 나와. 안개 너머로 자전거가 보여. 페달 밟는 사람은 사라지고 바퀴만 제자리에서 빙글빙글 돌고 있어. 너는 텐트 앞에 쭈그려 앉은 나를 발견해. 이제 막 싹이 튼 화초를 내려다보던 내가 무릎을 짚고 일어나. 너는 한숨을 쉬듯이 중얼거려.

늦어버렸네.

내일 하면 돼.

또 늦으면?

하루를 더 살겠지.

일관성을 지키지 못할까 봐 두려워하는 너를 내가 끌어안아. 양손으로 너의 두 눈을 가려. 삽시간에 주위가 어두워져. 이제 까지 걸어온 길도 앞으로 걸어야 할 길도 온통 어둠에 뒤덮여 보이지 않아. 사방에 꽃향기가 아스라해. 어디선가 노랫소리가 들려. 아는 곡인 것 같아 귀를 기울이는데 내가 속삭여.

순대에 와인 어때?

곱창이 좋겠어.

너는 나를 밀어내고 꼿꼿이 서려고 하지만 이내 등이 굽어. 기침이 터져 나오더니 도무지 멈추지 않아. 이럴 때마다 에그를 사기 전에 죽을 것 같다는 생각이 들어.

일곱, 안락사에 동의하는지 재확인하는 질문에 대답한다.

비몽사몽간에 눈을 뜬다. 위쪽에 난 작은 창이 희멀겋다. 봄 인지 가을인지 또는 어느 시간대인지 가늠하기 힘든 온기를 느끼며 현관문이 열리는 소리를 듣는다. 너는 손에 든 봉지를 바닥에 내려놓고 냉장고 문을 연다. 누구냐고 물었더니 네가 한숨을 쉬고 말한다.

또 잊어버렸어?

너는 컵에 수돗물을 받아 연거푸 마시고 냉장고에서 사과를 하나 꺼내 온다. 낯익은 얼굴이 내 앞에서 사과를 깎는다. 붉은 껍질이 빙글빙글 나선을 그리며 내려온다. 날이 무딘 과도가 노란 과육을 툭툭 자른다. 사과를 먹는 내 얼굴을 빤히 쳐다보며 너는 말한다.

약속을 지키러 왔어.

나는 그저 빙긋 웃는다. 성실한 사람은 싫지 않다. 설혹 의견이 다를지라도 그 애쓰는 모습을 좋아한다. 나는 모자를 눌러쓴다. 곱창에 와인을 마시기로 한 약속을 미루고서라도 기꺼이 너와 어울리기로 한다.

연휴

오래된 광고음악이 머릿속을 맴돈다. 삼십 년은 족히 묵었을 노래가 어찌나 생생한지 숙취마저 잊어버릴 지경이다. **탄산이 톡톡 행복이 톡톡 느껴요 즐겨요. 탄산이 톡톡 행복이 톡톡……**. 눈꺼풀에 탄산수를 들이부은 것처럼 거품이 올라온다. 무슨 색인지 알아보려 애쓰다가 깨닫는다. 시야가 흑백이다.

회색 거품이 빠르게 생성과 소멸을 반복하는 동안 시큼한 냄새가 넘어온다. 목이 따끔하다. 입술이 버석 소리가 날 것처럼 말라 있다. 콜라, 콜라가 필요하다. 움직이려 해도 몸이 꼼짝하지 않는다. 스포츠를 즐기듯 새벽까지 술을 마시고 다음 날 멀쩡하게 일정을 소화하던 때가 그립다. 해가 지날수록 육체에 대한 자신감은 사라지고 빈자리에 낯선 것들이 기어들어왔다. 콜라, 콜라를 마셔야지. 익히 잘 아는 진득하고 달콤한 맛이 간절하다. 상표의 모양과 색상까지 선명하게 떠오른다.

눈곱이 달라붙은 눈꺼풀을 애써 들어 올리자 흑백의 세상에 색이 돌아온다. 방 안은 벌써 조도가 높았다. 연휴가 아니라면 지각을 넘어 결근 처리가 되었겠지. 그만큼 잤으니 기분이 산뜻해야 할 텐데 오히려 묘하게 뒤틀린 느낌이다. 숙취 때문인가. 천장에 매달린 형광등이 일자형이다. 둥근 모양의 방등 커버는 어디로 간 걸까. 단풍잎 무늬 대신 꽃무늬가 배열된 벽지를 바라보다 이불이 분홍색인 걸 깨닫는다. 때가 타는 게 싫어 회색으로 샀을 텐데.

일어나려 해보지만 몸이 쉬이 움직이지 않는다. 팔을 구부리자 손목을 감은 천이 보인다. 붕대를 감듯 둘둘 말아 묶은 천이 바짝 손목을 조인다. 다리도 그런 식으로 구속되어 있다. 몸을 비틀 수는 있어도 일어나 앉을 수는 없다. 베개 위에 비스듬히 어깨를 기대는 것이 고작이다. 옷도 입고 있지 않다. 의복을 비롯하여 소지품 일체가 사라졌다. 가진 것이 몸뚱이뿐이라고 생각하자 다른 의미로 불안해진다. 평생 짜 맞춘 모자이크에서 한꺼번에 색이 사라진 것만 같다. 핸드폰 번호, 주소, 좋아하는 음식, 최근에 본 영화 등등 나를 이루는 특징들을 차례로 더듬어보는데 가장 중요한 것이 떠오르지 않는다. 이름, 이름, 이름, 이름…… 최근에 이름으로 불린 적이 없었다.

연휴 전날까지 평소와 다름없이 일했다. 전세계에서 밀려

들어온 상품이 쌓이는 창고를 개미처럼 돌아다녔다. 욕도 알아먹지 못하는 AI가 이 분 삼십 초 안에 CH-107로 가서 채집하라고 지시하면, 내가 원시인이냐 채집을 하러 다니게, 투덜거리면서도 바쁘게 걸어가 상품을 수레에 담아 옮기기를 반복했다. 제한 시간을 넘겼다가는 벌점을 받으니까. 가만, 내가 벌점이 얼마나 되더라. 10점이 쌓이면 해고다. 지각해서 또 벌점을 받을까 봐 늘 깊게 잠들지 못했기에 연휴를 앞두고 오랜만에 실컷 술을 마셨다. 3차로 노래방에 간 것까지는 기억나는데 이후가 공백이었다. 소위 필름이 끊겼다. 요즘 애들은 필름이 뭔지나 알까. 이제는 그걸 뭐라고 부르더라. 엉뚱한 데로 튄 생각을 갈무리하고 방을 둘러본다.

침대 다리 쪽에 검은색 자개장이 한 짝 서 있고, 그 옆에 둥근 구릿빛 손잡이가 달린 문이 있다. 왼쪽 벽 모서리에 원목 무늬 서랍장이 있고, 서랍장 위에 미키마우스 그림이 박힌 탁상시계가 덩그러니 놓여 있다. 눈을 찡그려야 겨우 보이는 시침이 11을 막 넘었다. 방 안을 밝히는 빛은 침대 머리에서 새 들어온다. 이제까지 낮에 해가 들어오는 방에서 살아본 적이 없는데. 마른침을 삼킬 때마다 목이 아프다. 구릿빛 손잡이가 돌아가는 걸 발견하고도 소리 지르지 못한 건 목구멍까지 뻑뻑하게 말라버린 탓이다.

열린 문으로 검은색 트레이닝복 차림의 사람이 들어온다.

거침없이 다가오는 그를 피해 허둥지둥 물러나지만 침대를 벗어날 수 없다. 그는 대뜸 한쪽 팔을 내 어깨 밑으로 집어넣는다. 입술에 붙인 컵에서 미지근한 액체가 쏟아진다. 갈증을 이기지 못하고 머금은 물에서 어떤 향이나 맛이 느껴지지 않았다. 무색무취의 생수다. 컵 안에 든 물을 마시는 동안 트레이닝복 차림의 사람을 곁눈질한다. 체형을 드러내지 않는 옷 때문에 성별을 구분하기 어렵다. 처음 보는 것 같으면서 어디선가 본 것 같기도 하다. 동그스름한 턱이라든가, 얇은 눈매라든가, 혈색 없는 입술이라든가. 여태 흔하게 보아온 무표정한 얼굴이다.

당신은 나를 누구로 알고 데려온 겁니까. 다른 사람과 착각하신 듯한데요. 이름을 잊어버렸지만 금방 기억날 테니 그때까지만 자몽이라고 불러주세요. 자몽은 좋아하지 않는데 왜 자몽주스를 마셨을까. 아무튼 저는 그런 사람이 아닙니다. 소소하게 다툰 적은 있어도 누군가에게 크게 원한 살 만한 일을 한 적은 맹세코 없습니다. 연휴에도 늘 그러듯 집 안에 틀어박혀 게임이나 할 예정이었죠. 어찌 보면 초라하고 또 어찌 보면 무난한 인생입니다. 어느 쪽이든 영화 같은 일과는 한참 거리가 멀죠. 누구나 실수는 하는 법이니까 부끄러워하지 않아도 됩니다. 저를 무사히 집에 돌려보내주시기만 한다면 말끔하게 잊어드린다니까.

무슨 말을 해야 좋을지 고민하는 사이 그가 컵을 거두고 돌아선다. 내가 부르는 소리를 들은 척도 않고 방을 나간다. 자몽이라고 불러달라고 해야 하는데, 아니, 콜라부터 달라고 했어야지, 아니, 아니, 그보다 더 급한 문제가 생겼다. 오줌보가 터질 것 같다. 어제 술을 많이 마셨으니 당연한 귀결이다.

목청껏 화장실에 가고 싶다고 소리 지르자 비로소 그가 방에 들어온다. 손발을 묶은 끈은 풀어주지 않는다. 서랍장 두 번째 서랍을 열고 뒤적거리다가 원하는 것을 찾았는지 허리를 펴고 다가와 이불을 걷는다. 노출된 음경을 보고도 거북해하는 티 없이 어른용 기저귀를 채우고 물러선다. 참으려 애쓴다고 참을 수 있는 게 아니라는 건 채집자로 일하면서 질릴 만큼 체감했다. 배뇨 시간은 길었고 엉덩이는 금세 축축해졌다. 지루해 보이는 얼굴로 침대 옆을 지키던 그가 기저귀를 거두어 나갔다가 다시 들어와 물수건으로 하부를 닦고 새 기저귀를 채운다. 이불을 꾹꾹 눌러 정돈까지 마치고 그가 나갈 때까지 나는 벽지에 꽃무늬가 몇 개인지 하염없이 세고 있었다.

그는 수시로 방을 드나들었다. 죽을 먹인다든가, 방을 치운다든가, 아무도 기꺼워하지 않을 일을 하면서 눈 한 번 찡그리지 않았다. 로봇도 그보다는 표정이 풍부할 것 같았다. 그나마 다행인 건 위해를 가할 생각이 없어 보인다는 점이다. 오히려 갓난아기를 돌보듯 능숙하게 시중을 들었다. 언제 갑자기 돌변해 배때기에 칼을 꽂을지도 모른다는 두려움은 서서히 희석되었다. 반말을 섞어 사용해도 불쾌한 기색을 보이지 않았다. 죽은 싫으니 밥을 달라. 양치질해달라. 콜라는 없느냐. 나는 죄수에서 간수가 된 기분으로 부려먹기 시작했다. 그는 부를 때마다 나타났다가 군더더기 없이 잽싸게 일을 처리하고 사라졌다. 다만 콜라는 없는지 레몬 향 탄산수만 거듭 가져왔다.

어쩌면 나를 이 방으로 데려와 묶은 사람은 그가 아닐지도 모른다. 그럼 대체 누구일까. 누가 나를 낯선 집으로 데려와 침대에 묶어놓았을까. 그에게 물어봐도 대답은커녕 입도 벙긋하지 않는다. 얼마를 받고 이런 짓을 하는지 몰라도 그 돈 내가 줄 테니 풀어달라니까. 100만, 200만, 500만 원까지 불러봐도 반응이 없다. 차마 그 이상은 부르지 못하고 우물쭈물하는 사이에 그가 방을 나간다.

탄산이 톡톡 행복이 톡톡 느껴요 즐겨요. 탄산이 톡톡…….

반쯤 열어놓은 문틈으로 텔레비전 소리가 크게 들려온다. 그제야 겨우 어제와 같은 세상에 존재하는 기분이 들었다. 더불어 또다시 갈증이 난다. 탄산수로는 부족하다. 한 번 몸에 각인된 습관은 관성과 같아 쉽게 다른 방향으로 틀어지지 않는 법이다. 나는 냉기를 터트리는 검은 액체를 머릿속에서 지우기 위해 텔레비전 소리에 집중한다.

당신을 위한 공간, 당신을 위한 시간, 당신을 위한 여유…….

최근에 화제가 된 2인승 미니카다. 자율주행과 넉넉한 수납 공간 및 깔끔한 디자인을 장점으로 내세웠다. 연비가 좋고 주차 공간이 절반밖에 되지 않아 1인 가구 시대에 필수품이 될 거라는 전망을 뉴스에서 보았지만, 주사위처럼 네모난 디자인이 마음에 들지 않았다. 모름지기 차는 매끈한 유선형이 멋스럽다고 믿었다. 게다가 나는 십 년 가까이 무사고 운전으로 자동차 보험료까지 할인받는다. 굳이 자율주행이 필요하다고 느끼지 못하면서도 도로에 미니카가 하나둘 늘어나기 시작하자 불안해졌다. 세상과 이인삼각을 하는 기분이었다. 보조를 맞추려면 종종 가쁜 숨을 몰아쉬어야 한다.

창고에 새 시스템이 도입되었을 때도 그랬다. AI가 탑재된 단말기를 손목에 차고 채집하기 시작하면서 월말에 작업량이 전부 수치화되어 드러났다. 상위권에 내 코드명이 올라가 있는 걸 보았을 때는 성취감을 느꼈지만, 다음 달에 달성해야 할 목표율이 상승하자 숨이 턱 막혔다. 이름, 이름, 이름, 이름…… 왜 이름이 기억나지 않을까.

내 이름만 기억하지 못하는 게 아니다. 창고에서 같이 일한 사람들 역시 하나도 기억나지 않았다. 예전에는 여자들도 많았는데 새 시스템이 도입되고 나서부터 서서히 줄어들었다. 주로 화장실 문제 때문이었다. 남자들은 정 급할 땐 페트병에

라도 해결했지만, 여자들은 기어이 화장실을 찾아가다가 제한 시간을 넘겨 벌점을 받고는 했다. 물을 마시지 않으며 버티던 사람이 빈혈로 쓰러지는 경우도 종종 나왔다. 구급차가 떠나고 마치 기다렸다는 듯이 빈자리를 채우는 대기자를 보면서 굳이 이름을 알고 싶다는 생각이 들지 않았다.

AI의 지시에 따라 쉴 새 없이 돌아다니다가 식사 시간이 되면 금속탐지기를 빠져나가 식당으로 갔다. 줄을 설 때 빨리 앞자리를 차지하는 요령을 터득하여 확보한 시간에 화장실에서 자위했다. 새어 나오는 소리야 똥을 눌 때 입에서 나오는 소리와 비슷하니 마지막에 물만 한 번 내려주면 그만이었다. 피곤할 때는 변기에 앉아 잠시 졸기도 했다.

엄선된 재료와 엄정한 공정이 최상의 품질을…….

광고가 끝나고 시작된 드라마에서 희로애락 가득한 목소리가 들려온다. 반면 그는 언제나 건조하다. 질문에 대답은커녕 목소리 한 번 들려주지 않는다. 저녁 찬이 맛있지 않았다면 벌써 불만을 터트렸을 거다. 제육볶음에 김치, 계란말이와 오이무침을 그가 번갈아 젓가락으로 집어주었다. 누워서 입만 벌리면 밥이 들어오고 반찬이 들어온다. 묶여 있다는 불편만 감수하면 호사스럽다고 할 법한 체험이었다. 덕분에 자몽이라고 자기소개를 하지 않고도 긴장이 풀려버렸다.

어떻게든 연휴가 끝나기 전에 돌아가야지. 병가를 내도 벌점을 피할 수 없다. 회사는 기계보다 우수하다는 증거를 보이기를 끊임없이 요구했다. 한계는 시한폭탄처럼 째깍거리는 소리를 내며 다가오는데, 할 수 있는 일이라고는 숨을 헐떡이며 따라가는 것뿐이다. 요즘은 그마저도 점점 힘에 부치기 시작했다. 기다려달라고 부탁하고 싶어도 누구에게 말해야 좋을지 도무지 알 수가 없었다. 아침에 일어날 때마다 몸이 바다 밑으로 푹 꺼지는 기분이 들었다. 퇴사와 출근을 저울질하다가 사소한 차이로 문을 열고 나가면 하늘에 새벽 배송을 하는 드론이 보였다. 윙윙, 윙윙, 윙윙, 윙윙…… 프로펠러 돌아가는 소리에 머리가 아프다. 시끄러워 죽겠네.

눈을 뜨자 사위가 어둡다. 물속에 잠긴 것처럼 귀가 먹먹하다. 텔레비전 소리가 들리지 않는다. 서랍장 위 탁상시계의 야광 시침이 수평으로 누워 있다. 묶인 손과 발은 그대로다. 외풍이 허공에서 뻗어 나온 팔처럼 콧등을 문지른다. 어둠은 균일하지 않고 한쪽이 진해지거나 한쪽이 흐려지거나 하며 일렁거린다. 채도가 달라지는 허공에 그의 얼굴 모양을 그려본다. 창고에서 같이 일한 적이 있었나. 역시 기억나지 않는다.

문밖이 고요하다. 전부 꿈이고 아침에 눈을 뜨면 익숙한 단풍잎 무늬의 벽지를 보게 될지도 모른다고 생각하자 갑자기 숨이 막힌다. 꿈에서 깨려면 잠을 자야 하는데, 잠을 자면 꿈에서 깨어날 테고. 헉헉거리는 소리가 귀를 메운다.

당신의 삶에 여백을 만들어드립니다. 클린 앤……

아침부터 귀에 익은 광고음악이 들려 비몽사몽간에 눈을 뜬다. 세제가 필요 없고, 소음도 없으며, 휴대가 간편한 초음파 세탁기가 마음에 들어 위시리스트에 넣어놓고는 사지 않았다. 시스템을 업그레이드해 노동력을 18퍼센트나 절감했다는 경쟁사의 기사가 뜬 다음 달에 채집자가 다수 해고됐다. 조만간 내 차례가 될지도 모른다고 생각하자 선뜻 구매 버튼을 누를 수 없었다. 나이 든 사람이 할 일은 아니라고 누가 그랬지. 관리자였나. 나이, 나이, 나이, 나이…… 내 나이가 몇이더라.

밖에서, 아마도 부엌일 게 분명한 곳에서 물줄기가 쏟아지는 소리를 듣다가 완전히 잠이 깼다. 자잘한 것들이 부딪치는 소리에 이어 무거운 걸 떨어뜨리기라도 했는지 쿵 소리가 났다. 외마디 소리조차 지르지 않은 그 대신 내가 어머, 어머, 목소리를 가늘게 낸다. 주말에 사람을 만난 것도 오래전이다. 창고에서 일하는 동안은 서로에게 눈길을 줄 겨를이 없었고, 퇴근할 때면 녹초가 되어 누구를 만날 기운이 없었다. 콜라보다 건강에 좋으니 자몽주스를 마시라고 했었지. 오래전에, 아주 오래전에.

요즘 기억력이 부쩍 나빠졌다. 조금 전까지 무슨 생각을 하고 있었는지 금세 잊어버린다. 오줌이 마려워 습관처럼 참다가 곧 힘을 뺀다. 창고에서 일할 때는 방광염을 달고 살았지만 여기서는 그럴 필요가 없다. 배뇨를 시원하게 마치고 그를 부르려다 만다. 식사 준비로 바쁜 사람을 배려할 정도의 아량은 있다. 침대에만 누워 있어서 그런지 허리가 뻐근하다. 팔이 허용하는 범위에서 좌우로 번갈아 뒤척거리며 이미 수십 번을 살핀 방을 다시 둘러본다.

가구는 어디서 주워와 채워 넣은 것처럼 제멋대로다. 시대별로 유물을 전시해놓은 박물관 같기도 하다. 연표를 그린다면 어릴 때나 보았던 검은색 자개장을 가장 왼쪽에 두어야 할 것이다. 원목 무늬 서랍장이 두 번째다. 부모님이 시트지가 너덜거려도 아직 튼튼하다며 부서질 때까지 가지고 다녔던 서랍장이 딱 저렇게 생겼다. 일자 형광등은 내가 중학교에 들어갈 무렵 방등 커버로 덮인 LED 조명으로 바뀌었다. 고개를 오른쪽으로 돌린다. 벽지의 꽃무늬가 언뜻 무질서해 보이지만 자세히 보면 패턴이 일정하다. 예측할 수 없는 부분은 절단선이다. 벽지와 벽지가 만나는 곳에서 꽃무늬가 조금씩 넘치거나 부족한 형태로 들러붙어 있다. 머리가 둘 달린 코끼리나 오래된 빵에 핀 곰팡이 같은 모습이다. 이번에는 목이 아프도록 고개를 젖힌다. 커튼이 얼마나 오래되었는지 보풀이 잔뜩 일어나 성긴 체처럼 햇빛을 투과시킨다. 방이 화사하니 밝다. 저녁에만 노을 묻은 빛이 들어오던 날들이 아득하게 느껴진다.

얼마 움직이지 않았는데 숨이 차다. 어느새 입으로 숨을 쉬고 있다. 벌써 이 모양인데 나이가 더 들면 병원 신세를 면치 못하겠구나 싶다. 나이, 나이, 나이, 나이…… 내 나이가 지금 몇이더라. 셈해보다가 멜로디가 울려 주위를 두리번거린다. 서랍장 위에 메탈 재질의 디지털 탁상시계가 눈에 띈다. 조금 전까지 11이었던 숫자가 12로 바뀌어 있다. 나는 미간을 좁힌다. 새벽에 아날로그식 야광 시침을 본 것 같은데. 꿈이었나, 아니었나. 꿈이었을까, 아니었을까.

문이 열리는 바람에 판단을 유보한다. 나는 마른침을 삼킨다. 어제처럼 검은색 트레이닝복을 입은 그가 어제와 다르게 검은색 헬멧을 머리에 쓰고 들어온다. 광택 나는 헬멧이 무표정한 얼굴보다 더 건조하게 느껴진다. 이제는 진짜 로봇이라고 해도 믿을 수 있을 것 같다. 그가 다가와 이불을 들치고 기저귀를 가는 동안 숨도 쉬지 못한다. 그가 방에서 나갈 때 참고 있던 숨을 한꺼번에 내쉰다. 그가 다시 쟁반을 가지고 방에 들어오는 걸 보고 천천히 호흡한다. 쟁반에는 딸기잼 바른 토스트와 우유가 담겨 있다. 어제의 화려한 식단에 비하면 한참 불만족스러웠지만 얌전히 받아먹는다. 토스트를 먹여주는 손길이 어제보다 투박하다. 하기 싫은 일을 마지못해 하는 티가 나서 주는 대로 받아먹으면서도 체할 것 같다. 쟁반을 들고 나가는 그에게 양치질하고 싶다고 말을 붙이지도 못한다.

어제와 다른 사람인가. 자몽이라고 불러주세요, 라며 자기

소개부터 다시 했어야 했나. 생각해보니 어제 그에게도 하지 않았다. 무해함을 믿게 하려면 첫인상이 중요하니까 다음에는 잊지 말고 꼭 자기소개를 해야지. 아랫입술을 쪽쪽 빨아본다. 또 목이 마르다. 레몬 향 탄산수로는 갈증이 가시지 않는다. 알싸한 자극이 지나간 뒤 올라오는 단맛이 부족하다. 끈적하게 혀의 돌기마다 달라붙는 달콤함이 필요하다. 몸이 새로운 맛을 받아들이는 데에 걸리는 시간은 얼마일까. 적어도 헬멧에 익숙해지는 시간보다는 짧을 것 같다. 콜라, 콜라, 콜라, 콜라…… 머릿속만 아니라 목구멍 안까지 시끄럽다. 레몬 향 탄산수라도 달라고 할까. 한쪽 모서리가 들린 이불 사이로 찬 공기가 스며들자 갑자기 무릎이 쑤시다.

판게아 코리아 오픈. 뉴라이프 리스타트…….

텔레비전에서 생소한 광고음악이 들려와 나도 모르게 귀를 기울인다. 낯선 광고를 흥미롭게 소비하던 시기도 있었지만 이제는 당황스럽기만 하다. 세상이 어느새 저만큼 앞서갔나 싶어서. 나이가 들수록 격차는 더욱 벌어졌다. 세상이 어떻게 돌아가는지 알게 될 즈음에는 이미 다른 세상이 도래해 있었다. 메탈 재질의 디지털 탁상시계가 눈에 들어온 순간 아랫입술의 각질이 뜯어지고 피가 났다. 콜라보다 더 오래전에 맛보았을 비릿함을 빨아들인다. 시류를 만드는 건 다른 이의 몫이다. 나 같은 사람들은 격류 속에서 비슷한 질감의 일상을 유지하는 것만으로도 벅찼다. 어쩌면 그 사람도 혼자 힘으로 어찌할 수 없는 것들과 마주하다 지친 끝에 떠나버렸는지도 몰랐다. 그, 그, 그, 그…… 그 사람이 누구였지.

하품이 연이어 나온다. 묶여 있는 것만 잊어버리면 오랜만에 휴식을 취하는 기분이다. 휴일에 쉬는 건 사치라고 아둥바둥하는 것도 체력이 남아돌 때나 가능한 일이었다. 이제는 쉬지 않고선 일을 할 수 없다. 휴일에는 부족한 수면 시간을 채우기도 바빴다. 종이가 젖듯 졸음이 스며든다. 식곤증인가 했다가 새벽에 잠을 설쳤다는 사실을 상기하는 순간 눈꺼풀이 무거워진다.

꿈속에서 새가 되었다. 싱그러운 나뭇잎 사이로 눈부신 햇살이 쏟아진다. 가슴팍 청록색 깃이 때로 금빛으로 빛난다. 둥지를 떠나 날개를 펼치고 활공한다. 부유하는 기분에 취할 새도 없이 거대한 그림자가 덮쳐온다. 쪼개진 알에서 바닷물이 쏟아진다. 거대한 파도에 휩쓸려 날개가 꺾인다. 뒤집히고 구르다가 물 밖으로 튕겨 나온다. 햇볕이 눈을 찌르고 몸이 바싹바싹 말라간다. 더 애쓸 필요가 없다는 데에 안도감을 느끼는 순간 땅이 격렬하게 흔들린다. 공룡이 날카로운 이빨을 드러내며 울부짖는다. 공룡은 이미 멸종하지 않았나.

눈을 뜨자 문밖에서 청소기 돌아가는 소리가 들린다. 꿈이었구나. 긴 한숨이 흘러나온다. 청소기 소리가 멈추고 얼마 지나지 않아 헬멧이 쟁반을 들고 온다. 볶음밥과 단무지로 식사를 마치고 조심스럽게 머리를 감겨줄 수 있는지 물어본다. 대답 없이 방을 나갔다가 들어온 헬멧의 손에 비닐이 들려 있다. 비닐을 머리부터 등 아래까지 넓게 깔고 주전자 물을 부어 적신 머리에 샴푸를 묻힌다. 두피를 문지르는 손길이 거칠기 짝이 없지만 샴푸 향은 달콤하다. 머리를 헹구는 동안 비닐을 타고 흐른 물이 침대 아래 대야로 떨어진다. 눈을 감고 들으면 누군가 탭댄스를 추는 것 같다.

더 나은 기술이 더 멋진 세상으로 데려다줍니다. 라비타…….

텔레비전에서 들려오는 소리를 흉내 내어 말해본다. 더 멋진 세상으로 데려다주어야 더 나은 기술입니다. 발목과 무릎이 시원찮고 손목인대가 늘어나 통증을 달고 살아도 일을 그만두기는커녕 병원에 갈 엄두를 낼 수 없었다. 하루라도 쉬었다가는 해고될지도 모른다는 공포가 아침에 꾸역꾸역 일어나게 만들었다. 이제 나이도 적지 않은데. 나이, 나이, 나이, 나이…… 언제까지 일할 수 있을까. 운이 좋아 정년을 채운다고 해도 그 뒤로 살아야 할 날을 셈하니 아득해졌다.

더 나은 기술이 더 멋진 세상으로 데려다줍니다. 라비타…….

같은 광고가 반복해서 들려와 조금 전에 했던 말을 다시 비틀었다. 더 멋진 세상으로 데려다주지 않으면 후진 기술입니다. 다른 회사에 이력서를 넣어 면접을 본 적이 있었다. 어디나 사정이 비슷했는데 한 군데, 정화조 청소 회사만은 새 시스템이 필요 없다고 했다. 정화조 아시죠, 일명 똥차요. 운전하는 분이 정화조 청소까지 다 하니까 로봇을 들이는 것보다 사람을 쓰는 쪽이 나아요. 일은 어렵지 않은데 사장님이 워낙 막말을 하시거든요. 괜찮으시겠어요. 결국 채용되지는 않았지만 그 회사를 떠올릴 때마다 안심이 되었다. 그래도 똥은 사람이 치우는구나 싶어서.

더 나은 기술이 더 멋진 세상으로 데려다줍니다. 라비타…….

또 같은 광고였다. 나는 머리털이 쭈뼛 서는 기분이 들어 입을 다물었다. 그제야 세 번이나 반복한 광고가 끝나고 다른 광고가 흘러나왔다. 헬멧은 내 머리를 닦은 수건으로 주변에 튄 물을 닦았다. 헬멧의 단단하고 매끈한 표면에 주름이 잡히고 검버섯이 돋은 얼굴이 비쳤다. 순간 터무니없는 의심이 들었다. 설마 촬영하는 건 아니겠지. 별 볼 일 없는, 나이도 먹을 만큼 먹은, 그야말로 싱크대 옆에 떨어진 무장아찌처럼 말라서 쪼그라든 사람을 촬영해 어디에 쓰겠어. 그럴 리가 없다고 도리질을 치면서도 불안감이 커진다. 헬멧이 비닐을 거두어 대야에 담아 방을 나간다. 나는 눈동자를 획획 움직인다. 탁상시계가 의심스럽다. 카메라를 다른 물건으로 위장하는 건 이미 오래전에 나온 기술이다. 자개장 장식, 서랍장 손잡이, 낡은 형광등에 매달린 끈, 그 무엇이라도 카메라가 될 수 있다.

헬멧을 소리쳐 부른다. 아무리 애타게 불러도 오지 않는다. 목이 쉬도록 고함지르며 몸부림쳤지만 헬멧이 내 편이 아니라는 사실만 확인할 수 있었다. 짧은 발길질에 이불이 흐트러진다. 대자로 뻗은 사지가 간헐적으로 떨린다. 내뿜는 숨이 뜨겁다. 나는 그런 사람이 아니라니까, 어, 무슨 억하심정이 있어서, 대체 내가 뭘 잘못했다고. 어디선가 웃음소리가 흘러나왔다. 버럭 화를 내보아도 소용이 없다. 그만하라고 사정해도 자꾸만 웃는 소리가 들려와 나는 어린아이처럼 흐느껴 울었다.

햇빛이 점차 사위어간다. 나는 얌전히 누워 기다린다. 누가 나타나 장난이었다고 말해주기를 바란다. 그라도, 헬멧이라도, 처음 보는 그 어떤 사람이라도 상관없다. 이번에는 잊지 않고 자기소개부터 할 생각이다. 뭐라고 하면 좋을지 고르고 골라 다듬은 문장을 어느새 달달 외워버렸다. 목소리를 열두 번 다르게 바꾸어 낭독해본다. 거실에서 인기척이 느껴질 때마다 열린 문을 쳐다봤지만 아무도 나타나지 않았다. 어둠이 코끝까지 차오르는 내내 광고 소리만 내 곁을 지켰다.

숨이 잘 쉬어지지 않는다. 고개를 옆으로 돌려 콧바람을 세게 뿜는다. 쌕쌕거리는 소리를 내며 애쓰다가 겨우 숨구멍이 트이는가 싶을 때 흉통이 찾아왔다. 심장 안에 생긴 동공을 막대기가 후려치는 것 같다. 깡, 깡, 깡, 깡…… 움켜쥔 손으로 가슴을 문지르고 있자니 서서히 통증이 줄었다. 헐떡이는 숨을 가라앉히고 몸을 일으킨다. 한데 모은 다리를 두 팔로 껴안아 둥근 공처럼 몸을 만다. 닳아서 여기저기 솜털이 드러난 이불은 물이 빠지고 때가 앉아 언뜻 회색으로 보이지만 실밥 자리에 원색이 남아 있다. 원래는 분홍색이었을 이불을 응시하다가 팔을 풀고 바닥에 발을 디딘다.

검은색 서랍장 위에 옷이 반듯하게 개켜 있다. 탁상시계는 사라지고 그 자리에 구슬이 놓여 있다. 한기가 밀려와 옷부터 집어 든다. 소매부터 꿰는데 손가락 마디며 어깨 관절이 아파 신음이 절로 나온다. 힘겹게 옷을 입은 다음 구슬을 손에 쥐고 방을 나간다. 후들거리는 걸음마다 자국이 남는다. 발바닥에 먼지 덩어리가 들러붙어 따라 올라온다. 거실은 거미줄을 몇 겹 덧씌운 것처럼 뿌옇다. 텔레비전은 보이지 않는다. 개수대가 물기 하나 없이 건조하다. 나는 한 손으로 턱을 쓸어본다. 덥수룩하게 자란 수염이 까슬하다.

아크 이즈 레벌루션. 당신의 삶을 레레레레레……

어디서 들려오는지 알 수 없는 광고에서 도망치듯 현관으로 향한다. 신발을 신고 손잡이를 돌리자 두꺼운 철문이 쉽게 열린다. 휘몰아치는 바람이 망막을 할퀸다. 꼭 감은 눈에서 통제력을 잃은 눈물이 흐른다. 작고 딱딱한 것이 발에 차여 날아간다. 어디선가 썩은 과일 냄새가 난다. 감았던 눈을 뜨자 멀리

거대한 건물이 보인다. 창고 같기도 하고 쓰레기장 같기도 하다. 시력이 좋지 않아 흐릿하니 잘 보이지 않았다. 문득 발치로 시선을 돌렸다가 구슬이 공중에 떠 있는 걸 발견한다. 구슬은 갑자기 관성을 회복한 것처럼 포물선을 그리며 낙하하더니 바닥을 구른다. 눈을 한 번 깜박이는 사이에 구체는 사라지고 그 자리에 미니카가 서 있다.

미니카의 모양이 생소하다. 나는 머리카락을 한 손으로 거칠게 헤집으며 광고를 떠올린다. 경차 대비 최고 출력, 다양한 컬러와 실용적인 디자인, 쾌적한 공간에 넉넉한 수납공간, 완벽한 보안 시스템. 주사위를 닮았다고 생각한 정육면체가 달걀을 닮은 타원형이 되었다. 크기도 2인용에서 1인용으로 줄었다. 지붕에는 프로펠러가 달려 있다. 차 주위를 한 바퀴 돌아본다. 몸체는 은회색이고 투명한 유리가 가운데 둥글게 띠를 둘렀다. 창으로 들여다보이는 운전석에 핸들이 없다. 열쇠구멍도 보이지 않는다. 미니카 주위를 반복해서 돌 때마다 몸이 으슬으슬 떨려온다. 묻고 싶은 게 많은데 물어볼 사람이 없다. 프로펠러가 달린 미니카만 눈앞에 서 있을 뿐. 갑자기 버려진 아이처럼 불안해진다. 저절로 벌어진 입에서 소리가 새어 나온다. 아, 아, 아아아, 아아아아아······.

미니카에 불이 들어온다. 진짜 사람이 말하는 것처럼 자연스러운 음성으로 반갑다고 인사하더니 문이 미닫이식으로 매끄럽게 열린다. 나는 혀로 잇몸을 문질러 배어 나온 침을 입술에 바르고 미니카에 올라탄다. 엉덩이에 닿은 시트가 차갑다. 운전석 앞에 둥근 핸들 대신 네모난 스크린이 설치되어 있고, 그 주위로 가느다란 빛이 혈관처럼 퍼져 있다. 곳곳에 떠오른 문양이나 이니셜은 격류에 뒤처지지 않은 이들만 이해할 수 있는 신호다. 나는 스크린을 물끄러미 바라본다.

또 목이 마르다. 걸어가면 여기를 빠져나가는 데에 얼마나 걸릴까. 구불구불한 길이 어디에 닿아 있는지 모를 정도로 끝없이 이어진다. 어쩌면 도착하기 전에 콜라가 단종될지도 모를 일이다. 마른세수를 하는 동안 옆에 누가 앉은 것 같았지만 얼굴에서 손을 떼고 확인하기가 두렵다. 자몽이라고 불러주세요. 이름을 잊어버렸는데 크게 중요하지 않습니다. 낮에 해가 들어오는 방으로 돌려보내주시기만 한다면 무엇이든 말끔하게 잊어드리겠습니다.

연휴 마지막 날 아침이었다.

거울

나라가

온다

겨울의 겨울을 지나간다. 막 내리기 시작한 눈과 쌓여 있던 눈가루가 바람에 뒤엉켜 시야가 부옇다. 하얀 껍데기를 두른 신호등이 불을 깜박인다. 사람이 없는 길에 방치된 자동차에 두껍게 눈이 쌓여 찻잔을 뒤집어놓은 것처럼 보인다. 몰아치는 바람을 거슬러 가던 차가 방향을 꺾는다. 규이는 빙그르르 돌아가는 풍경에서 흰토끼가 뛰어들어간 동굴을 찾는다. 체구가 작은 어른이 겨우 비집고 들어갈 만한 크기의, 평평한 바닥이 짙은 어둠에 이르러 푹 꺼지는, 지구의 중심을 지나간다고 해도 믿을 만큼 길고도 깊은, 벽에 걸린 지도와 그림이 하나하나 보일 정도로 천천히 떨어지는, 선반에 오렌지 마멀레이드라고 표시된 빈 단지가 놓여 있는, 바로 그……

곧게 뻗은 길이 이어진다. 쳇바퀴를 돌리듯 단조로운 풍경이 계속된다. 눈발이 굵어지면서 그마저도 잘 보이지 않게 되었을 때 차가 멈춘다. 규이는 콧등까지 목도리를 끌어 올린다. 차에서 내려 건물로 들어가는 짧은 순간에 감싸지 못한 맨살이 얼얼해진다. 다행히 건물 안은 따뜻하다. 규이는 제복을 입은 사람을 따라 복도를 걷는다. 문을 열어준 방에 들어가자 많은 책상과 그보다 많은 빈 의자가 보인다.

"더우면 코트를 벗으렴."

등 뒤에서 들려온 목소리에 규이는 고개를 돌린다. 역시 제복을 입은 사람이 문을 닫고 들어와 비어 있는 책상 중 하나에 종이 뭉치를 내려놓는다. 하나로 묶은 머리가 흔들리는 걸 보며 규이는 장갑과 모자를 벗어 주머니에 넣는다. 목에 두른 목도리를 느슨하게 벌리면서도 코트는 벗지 않는다. 그가 훌쩍거리는 규이에게 휴지를 내민다. 규이는 코를 풀고 뭉친 휴지를 책상에 올려놓는다.

"지내는 곳은 괜찮니?"

"네."

"힘들게 하는 사람은 없고?"

규이는 대답 대신 그를 빤히 쳐다본다. 다른 책상에서 의자를 가져오던 그가 실소를 머금는다.

"이번이 마지막이야."

그가 종이 뭉치를 올려둔 책상 맞은편에 의자를 놓고 규이를 앉게 한다. 주위를 두리번거리던 규이는 달력을 발견한다. 이미 해가 바뀐 지 오랜데 달력은 작년 마지막 달에 멈춰 있다. 시간이 흐르지 않기를 바라는 것처럼 또는 흐르는 시간을 보고 싶지 않은 것처럼.

"겨울이 오게 만드는 버튼을 봤다고 했지?"

책상을 사이에 두고 마주 앉은 그가 묻는다. 규이는 저절로 몸에 힘이 들어간다. 새끼손톱만큼 작아진 엄지손톱을 입으로 가져가 물어뜯는다. 이 사이에서 틱틱거리는 소리를 내다가 가늘게 찢어진 각질을 자근자근 씹는다.

"긴장할 필요 없어. 전에 했던 대로 하면 돼."

그가 부드러운 목소리로 규이를 달랜다. 규이는 손톱 물어뜯기를 그만두고 간질거리는 콧등을 문지른다.

"토끼를 봤어요."

"그래. 토끼를 봤구나."

시작은 늘 같았다. 매번 다른 미로를 빠져나가는 것처럼 이야기의 순서가 바뀌곤 했지만 처음 들어가는 입구의 모양만은 변하지 않았다.

"흰토끼였어요. 쳐다봐도 도망가지 않고 가만히 있었어요. 근처에 새끼가 있었나 봐요. 굴토끼는 땅속에 새끼를 숨기거든요. 어쩌면 굴을 팔 시간이 없었는지도 몰라요. 여기는 산이 많아서 굴을 파기 힘들대요. 산에는 멧토끼가 살아요. 멧토끼는 구멍을 파지 않고 새끼들을 따로따로 떨어뜨려 놓는대요. 포식자가 오더라도 하나만 잡아먹고 돌아가도록."

"그래."

"비겁한가요?"

"포식자도 먹고살아야 하니까……."

"아니, 멧토끼요. 하나가 잡아먹힐 동안 다들 엎드려 모른 척하잖아요."

"토끼는 약하니까 하나라도 살아남으려면 어쩔 수 없지. 비겁한 게 아니라 나름대로 최선을 다하는 거야."

"그게 최선이면 너무 힘들잖아요."

새된 목소리가 튀어나온 규이를 그가 살핀다. 적막한 공간에 눈발 부딪치는 소리가 내려앉는다. 노랗게 물든 은행잎을 짓이긴 함박눈만큼이나 꽃이 피어야 할 봄에 내리는 폭설이 섬뜩하다.

"토끼 얘기는 이쯤 하고, 그날 뭘 봤는지 말해주겠니?"

규이가 눈을 깜박인다. 세 번째 깜박임과 네 번째 깜박임 사이에 다른 풍경이 끼어든다. 큰 나무들이 빼곡하게 서 있는 언덕이 보인다. 아홉 번째와 열 번째 깜박임 사이에는 좁은 길 옆에 세워진 파란 간판이 보인다. 전봇대마다 늘어진 전선에서 바람 빠진 타이어 냄새가 났다.

"그날은 너무 더웠어요."

한여름의 진득한 더위가 계속 머무르는 것 같았다. 꾸역꾸역 밀려 들어오는 열기가 목까지 차올랐다. 나무 그늘에 들어가도 땀에 젖은 목덜미가 크게 시원하지 않았다.

"10월인데 더워서…… 아빠는 추석까지 여름이라고 했어요."

"아빠가 농부라고 했지?"

"아니요. 사장님이요. 아저씨가 그랬어요."

"아저씨라니?"

"커다란 트럭 타고 오는 아저씨요. 마당에 있는 걸 다 가지고 가는 아저씨요. 바퀴 없는 자전거도 가져가고, 녹슨 의자도 가져가고, 냄비가 찌그러졌다고 알려줘도 무시하고, 거북이 같이 생긴 걸 텔레비전이라고 하고……."

"그날도 왔니?"

"네?"

"커다란 트럭 타고 오는 아저씨 말이야."

다른 데로 새는 걸 막겠다는 듯이 단호한 시선에 규이가 움찔한다. 흔들리는 눈동자가 갈피를 잡지 못하더니 다시 손가락을 입으로 가져간다. 틱틱거리는 소리가 멈출 때까지 그는 잠자코 기다린다.

"그날 커다란 트럭 타고 오는 아저씨를 봤니?"

작은 동물을 부르듯 느리게 흘러나오는 질문에 규이는 고개를 젓는다. 고물을 왕창 실어 간 지 얼마 안 되었다는 대답을 조각조각 꺼내놓는 동안 손이 자연스레 입에서 멀어진다.

"아빠가 고물상을 하셨구나."

서류를 몇 장 뒤적이더니 고개를 끄덕이는 그를 따라서 규이도 고개를 끄덕인다.

"우리를 고물상 집이라고 불렀어요. 옥수수 집이 더 좋은데. 가지도 키우고 고추도 키우지만 옥수수가 제일 맛있거든요. 아니면 밤나무 집도 좋아요. 꽃은 안 예쁜데, 생긴 게 꼭 애벌레를 닮아서, 그래도 밤은 맛있으니까. 아빠는 고기가 제일 맛있대요. 토끼 고기는 닭고기랑 맛이 비슷하다고……."

그는 성급하게 규이의 말을 끊는 대신 참을성 있게 기다린다.

"아빠가 농사도 하셨구나. 그럼 농부이기도 하고 사장님이기도 한 거네."

"굴토끼와 멧토끼를 둘 다 그냥 토끼라고 부르는 것처럼?"

규이는 혼자 웃음이 터진다. 아빠는 토끼가 아니에요, 토끼가 아니라고요, 키들대며 웃는 규이를 그가 가만히 응시한다.

✳

김은 마을 토박이로 육십 년 가까이 한곳에서 살았다. 한때 타지에서 공장을 다니며 모은 돈으로 중고차를 한 대 구입해 택시 운전을 했다. 제 인생에서 가장 모양새 나던 시절이라고 김은 기억했다. 교통사고가 나지만 않았어도 결혼했을 거라고, 신호위반이라 치료비도 제대로 못 받았다고, 철심을 박은 무릎이 아직도 쑤신다고, 대작하던 상대에게 푸념을 늘어놓던 김은 지갑에 차비만 남았을 때 다리를 절며 고향으로 돌아왔다. 그사이 집들이 전부 초가지붕에서 슬레이트 지붕으로 바뀌어 있었다. 올막졸막한 밭뙈기는 그대로였다. 집 옆에 야트막하게 솟은 언덕에 밤나무를 중심으로 무리 지은 나무들도 낯익었다. 부친의 농사일을 거드는 것으로 김은 칠 년간의 타지 생활을 청산했다.

모친상을 당한 이듬해 부친이 김에게 국제결혼 팸플릿을 내밀었다. 브로커는 200만 원을 더 얹어주면 장애를 언급하지 않겠다고 약속했다. 출국해서 결혼식을 마치고 귀국하기까지 닷새가 걸렸다. 김은 스물세 살 어린 아내를 예뻐했다. 처음엔 고분고분하던 아내는 말이 늘면서 불평이 잦아졌다. 한글 수업에 보내지 않았더니 울고불고하다가 집을 나갔다. 경찰이 아내를 버스터미널에서 봤다고 알려와 부친이 데려왔다. 김은 그 뒤로 관대함을 거두었다. 아내가 아이를 가지면서 다시 너그러워졌지만 바깥 모임에는 두 번 다시 보내지 않았다.

부친 장례를 치르고 얼마 안 되어 슬레이트 지붕에서 떨어지는 가루가 발암물질이라는 걸 알았다. 김은 컨테이너 가옥을 들이고 낡은 집을 허문 자리에 고물을 받기 시작했다. 아이가 초등학교에 들어가고 몇 년 지나서 타지 사람이 다리 건너 감나무 집을 고쳐 들어왔다. 얼마 버티지 못하리라는 주민들의 예상과 다르게 그 사람은 계절이 한 바퀴 돌 때까지 마을을 떠나지 않았다. 아내가 감나무 집과 왕래하는 걸 고깝게 보던 중에 그것을 발견했다.

김은 타지에 나갔던 칠 년을 제외하고 육십 년을 한곳에서 살았다. 토박이면 으레 그러듯 마을에 대해서는 나무 한 그루, 풀 한 포기 모르는 데가 없다고 자부했다. 하물며 오랜 시간 터줏대감처럼 서 있던 밤나무는 작은 변화라고 해도 금세 알아챌 수 있었다. 고물을 한차례 실어 보내고 발견한 그것은 듣도 보도 못한 것이었다. 혹시 보상금을 받을 수 있을까 싶어 몇 다리 건너 소개받은 교수를 불렀다. 교수가 다녀가고 며칠 뒤에 찾아온 경찰이 밤나무 언덕에 폴리스라인을 둘렀다. 보상금에 대해서는 일언반구도 없었다. 교수에게 연락하자 모르겠다는 대답만 하고 다음부터 전화를 받지 않았다.

폴리스라인 앞을 지키고 선 경찰을 힐끔 보고 김은 수도꼭지를 틀었다. 고무호스 끝을 붙잡고 물을 뿌리는 데마다 작은 무지개가 어렸다. 날씨가 아직도 한여름 같았다. 추석만 지나면 바람이 선선해지리라는 예측이 언젠가부터 들어맞지 않았다. 갈수록 수확량이 떨어지는 이유가 꼭 아내가 게으른 탓만은 아닐지도 모르겠다는 생각이 들었다.

수도꼭지를 잠그고 돌아서자 짙은 색으로 물든 마당에 앉아 있는 토끼가 보였다. 뒷산을 놀이터로 알고 지내던 어린 시절에 자주 보았지만 요즘은 보기 드문데, 게다가 털이 갈색이 아니라 흰색이다. 애완용으로 키우던 것이 도망 나왔을지도 모른다. 농작물을 훼손하기 전에 잡아야겠다고 생각하며 김은 삽을 들어 흰토끼의 머리를 겨냥했다. 언젠가 먹어봤던 맛을 떠올리자 고이는 군침을 삼키고 있는 힘껏 삽을 휘둘렀다.

✻

"호주에는 원래 토끼가 없었대요. 사냥꾼이 데려온 토끼가, 굴토끼요, 몇 마리 도망쳤는데 호주에 천적이 없어서 순식간에 늘어났대요. 처음에는 가볍게 생각했을 거예요. 원래 살던 곳에서 장소만 바꿨을 뿐이니까. 토끼가 변한 건 아니니까. 수십억 마리로 늘어날 줄은 몰랐겠죠. 토끼도 몰랐을 거예요. 최선을 다해 굴을 팠을 뿐이죠. 뿌리가 상해서 나무가 말라 죽으니 코알라도 굶어 죽고, 풀을 다 뜯어 먹어서 캥거루도 굶어 죽고. 토끼 떼거리가 한번 움직이면 지진이 난 것처럼 땅이 들썩거렸대요. 저도 가끔 그 소리를 들어요. 토끼를 사람들이 아무리 잡아도 계속 늘어났대요. 덫도 실패, 폭탄도 실패, 독약도 실패. 천적인 여우를 데려온 적도 있었대요. 토끼를 잡아먹고 여우까지 늘어나는 바람에 여우 모피를 가장 많이 파는 나라가 되었다는데, 그걸 왜 웃지 못할 얘기라고 하는지 모르겠어요. 저는 웃었거든요. 사진에서요, 여우가 줄줄이 발을 모으고 울타리에 거꾸로 매달려 있었어요. 웃기지 않아요? 장소만 바꼈을 뿐인데. 여우가 변한 건 아닌데. 토끼만 죽이는 바이러스를 만들어 퍼트렸을 때는 거의 성공할 뻔했대요. 살아남은 토끼가 번식해서 다시 늘어났다고. 결국 숫자가 줄어들긴 했으니 성공일까요. 여우가 토끼 대신 다른 동물을 잡아먹기 시작했으니 실패일까요. 지금 거긴 가을이겠죠. 호주는 여기랑 계절이 반대라고 했으니까 곧 겨울이잖아요. 이번에도 토끼가 살아남을까요?"

"모르겠구나."

"겨울의 겨울은 너무 추워요."

"너무 춥지."

화제가 바뀌기를 기다린 것처럼 그가 얼른 말꼬리를 잡는다.

"더위를 많이 타서 여름을 싫어했는데 이제는……."

무심코 그가 블라인드를 쳐다본다. 눈이 그치는지 창문을 톡톡 두드리는 소리가 잦아든다. 해가 나더라도 눈이 녹으리라는 기대가 없다. 따사로운 대기의 기억이 벌써 희미하다. 여름을 닮은 가을이 순식간에 겨울로 돌변한 날 저체온증으로 사망한 사람이 한둘이 아니었다. 규이의 부친도 그중 하나였다.

"목이 말라요."

종이끼리 스치며 사락거리는 소리에 귀를 기울이던 규이가 말한다. 문밖으로 나간 그가 잠시 후 물이 담긴 컵을 가져온다. 규이는 매끄러운 표면을 손끝으로 문지른다. 집에서는 던지면 깨지기 쉬운 재질의 그릇이 자취를 감춘 지 오래였다. 빈자리는 플라스틱과 스테인리스 그릇으로 채워졌다. 규이는 컵을 기울인다. 체온과 비슷하게 미지근한 물을 핥듯이 마신다.

"어른들 없이 용케 한 달을 버텼구나."

"이불이 아주 많았거든요."

밖에 눈이 내리는 걸 알았을 때는 이미 밤이었다. 규이는 보일러를 돌리고 냉장고에 들은 걸 전자레인지에 데워 먹었다. 가스가 떨어지고 나서는 생라면에 수프를 뿌려 먹었다.

"이불 속에 있으면 괜찮았어요."

포식자의 눈에 하나가 걸리면 다른 하나는 모른 척 몸을 숨긴다. 이불 속이었다가 옷장 속이었다가 동굴 속이었다가. 접시가 깨지고 후추통이 날아가고 체셔 고양이가 웃는다. 이상한 나라에서 돌아오면 아무 일도 없었던 것처럼 모든 것이 제자리로 돌아간다. 남은 유리 조각에 발을 찔려도 울지 않았다. 공범의 얼굴을 하는 건 언제나 포식자가 아닌 피식자의 역할이었다.

"엄마는 어디 갔는지 알아?"

"화장실 가고 싶어요."

"이것만 대답하고."

"오줌 마려워요."

그가 한숨을 쉬고 일어난다. 규이는 그와 같이 복도를 걸으며 팻말을 읽는다. 여성청소년수사팀, 경제범죄수사팀. 지능범죄수사팀, 실종수사팀. 집에 경찰이 다녀간 적이 몇 번 있었다. 아빠와 웃으며 이야기하던 그들이 돌아가기 전에 규이는 얼른 동굴 속으로 뛰어들었다. 지구의 중심을 지나간다고 해도 믿을 만큼 길고도 깊은 굴을 천천히 떨어지며 시계를 들여다보았다. 그것이 규이의 최선이었다. 이 순간이 빨리 지나가기만 기다리는……. 규이는 화장실 표시를 발견하고 방향을 꺾는다.

*

오늘은 박의 차례였다. 어제도 박의 차례였다. 경위나 경사에게 땡볕에 서 있으라고 할 수 없으니 내일도 박의 차례가 될 터였다.

상부에서 추가 지시가 내려올 때까지 고물상 집 옆 밤나무 언덕에 폴리스라인을 치고 그 앞을 지키라고 한 게 사흘 전이었다. 아침마다 경사가 박을 태우고 가서 고물상 앞에 내려주었다. 첫날에 박은 노란 띠 주변을 꼼꼼히 둘러봤다. 시체가 나온 것도 아니고, 중요한 시설이 있는 것도 아니고, 낮은 언덕에 보이는 건 흔하디흔한 나무뿐이었다. 저녁에 철수하면서 낮에만 여기를 지키는 일이 유의미해 보이지 않았지만 보통 시키는 대로 해야 뒤탈이 없었다.

박은 휴대용 선풍기를 목덜미에 바짝 가져갔다. 가을이 점점 짧아지다 못해 사라지고 있었다. 벌써 10월인데, 아직 추석이 지나지 않았다고는 해도 여름처럼 더웠다. 그나마 고물상 집이 가까이 있어 다행이었다. 마당에 물을 뿌리고 다가온 김이 얼음물을 내밀었다.

박 순경, 이거 마시고 해.

경장 단 지가 언젠데 순경이에요.

벌써 그렇게 됐나. 이젠 이장한테 딱지 끊고 안 그러겠네.

그 얘기는 그만하시라니까.

박이 첫 발령을 받아 막 부임했을 때였다. 숙사로 돌아가는 길에 이장과 마주쳐 인사하는데 술 냄새가 났다. 음주운전이었다. 박은 신분증을 요구하고 대신 차를 운전해서 집까지 데려다주었다. 다음 날 이장이 민원을 넣었다. 타지에서 굴러들어 온 어린놈이 어디 싹수없이 딱지를 끊느냐고 욕을 하다 갔다고 했다. 시골은 시골만의 정서가 있어. 사건 사고가 없어서 고과점수 올리기도 힘든데 깎아 먹어야 쓰겠어. 당시 경장

165

이었던 경사가 한 말에 다 같이 소리 내어 웃었다. 설마 그 일이 두고두고 놀림거리가 될 줄은 생각도 못 했다. 박은 얼음을 하나 입에 넣고 오독거리며 씹었다. 두 번째 얼음을 입에 넣기 전에 김이 물었다.

소장님한테 뭐 들은 얘기 없어?

아침에 소장님 얼굴도 못 보고 나오는걸요. 제가 지금 뭘 하는지도 모르겠어요. 사장님은 아세요? 여기에 뭐 유물이라도 묻혀 있대요?

김이 어물거리다가 컵을 받아 절름거리며 집으로 들어갔다. 시골에는 비밀이란 게 없었다. 김이 장애를 숨기고 결혼했다든가, 술만 마시면 아내를 잡도리해서 이제는 신고도 안 들어온다든가, 둘 사이에 하나 있는 아이가 멍든 팔을 숨기고 학교에 간다든가. 박은 입안에 든 얼음을 굴렸다.

지자체에서 보조금을 지원받아 국제결혼 한 이가 김만은 아니었다. 경위 말로는 요즘 시들해졌다지만 여전히 중개업체 현수막이 걸려 있었다. 피부색이 어두운 아이를 볼 때마다 박은 빨리 여기를 벗어나고 싶었다. 일급지까지는 아니더라도 적어도 이급지는 되어야 평범한 결혼을 꿈꿀 수 있을 것 같았다. 박은 앞으로 꾸릴 가정이 평온하기를 바랐다. 여기서 젊은 사람이라고는 귀농인지 귀촌인지를 하겠다며 작년에 들어온 감나무 집 주인밖에 없었다.

감나무 집 주인도 박과 비슷한 실수를 저질렀다. 경찰에 김을 신고한 데다가 마을회관 잔치를 돕지 않아 이장에게 단단히 찍혔다. 시골만의 정서를 고려해야 하는 경찰과 다르게 감나무 집 주인은 눈치를 보지 않았다. 근처를 지날 때 몇 번 들렀더니 대문에 방해하지 말라는 쪽지가 붙었다.

밭뙈기 너머 감나무를 응시하며 박은 입맛을 다셨다. 바람이 불자 모래알 구르는 소리가 났다. 수확하고 이랑을 갈아엎은 밭을 바람이 한차례 쓸고 지나갔다. 익숙하고도 지루한 풍경에 저절로 하품이 새 나왔다. 크게 벌린 입을 다물다가 발걸음 소리를 들었다. 언제 다가왔는지 김의 아이가 폴리스라인 앞에 서 있었다.

들어가면 안 된다.

아이가 팔을 들어 한 방향으로 뻗었다.

흰토끼가 있어요.

박은 아이의 손가락이 가리키는 곳을 살폈지만 아무것도 보이지 않았다.

하트 여왕한테서 도망쳤나 봐요.

하늘색 원피스를 입은 아이가 흰토끼를 쫓아 굴에 뛰어드는 장면이 떠올랐다. 나이가 몇인데 아직도 공상과 현실을 구분하지 못하는 걸까. 김은 아이 교육에 조금도 관심이 없어 보였다. 지금쯤 어디서 또 술을 마시고 있겠지. 농사일은 김의 아내가 거의 혼자 도맡아 했다. 어제 감자를 수확하고 힘들었는지 오늘은 집 밖에 한 번 나오지 않았다. 어쩌면 또 얼굴에 피멍이 생겼을지도 모르지만 어차피 경찰이 할 수 있는 일에는 한계가 있었다. 박은 아이가 성가시게 굴기 전에 그만 쫓아 보냈다.

해가 질 시간이 아닌데 하늘이 흐려지는 게 조만간 비를 뿌릴 것 같았다. 박은 핸드폰으로 예능 프로그램을 시청하다가 고개를 들었다. 노란 띠가 바람에 떨리며 날벌레가 날아다니는 소리가 났다. 아이가 한 말 때문인지 나무 사이에서 뭐가 움직인 것처럼 보였다. 박은 이마를 구기며 어둠 속을 응시하다가 노란 띠를 따라 언덕 주위를 걷기 시작했다.

순찰을 마치고 돌아왔을 때는 하늘에 먹구름이 두텁게 깔려 있었다. 박은 팔을 문질렀다. 갑자기 더위가 물러가고 서늘해졌다. 조금 있으면 경사가 데리러 올 테니 그때까지만 참자 하는데 짧은 알람이 연달아 울렸다. 읽지 않은 메시지 숫자가 빠르게 늘어났다. 그중 하나를 열어보았다. 기온이 급격히 떨어지는 현상이 전국적으로 발생하고 있다고 했다.

박은 반소매 아래 훤히 드러난 팔을 번갈아 문지르다가 전화했다. 경사는 쏟아지는 신고로 정신이 없었다. 바람이 불자 땀에 젖었던 몸이 부르르 떨렸다. 경위로부터 데리러 가겠다는 답을 들었을 때는 날숨이 하얗게 나왔다. 얼얼하던 머리가 조이듯이 아프기 시작했다. 밖에서 기다리기 힘들 것 같아 양 겨드랑이에 곱은 손을 끼우고 고물상 집으로 향했다.

컨테이너 가옥은 깜깜했다. 문도 잠겨 있었다. 김을 불러도 대답이 없었다. 동동거리다가 사포에 긁힌 것처럼 따끔거리던 얼굴에서 감각이 사라진 걸 알았다. 박은 두 손으로 코와 뺨을 마구 비볐다. 겨우 감각이 돌아와 안심하던 찰나 시선에 걸린 손끝이 검었다. 인근 가로등이 깜박거리며 불이 들어왔다. 고물상 집 마당에까지 넘어온 빛이 붉게 물든 손톱을 비추었다. 뭉텅뭉텅 쏟아지는 입김 위로 소금을 한 줌 쥐어 뿌리듯 눈이 내리기 시작했다.

＊

규이는 화장실에 다녀와 도로 의자에 앉는다. 그가 질문하기 전에 먼저 입을 열어 조잘거린다.

"책은 고장 나지 않아서 좋아요. 텔레비전 망가지고 너무 심심했거든요. 친구들은 다 핸드폰 있는데 나만 없어요. 학교에 있는 책은 백과사전까지 다 봤어요. 같은 것만 계속 봐서 너무 너무 지겨웠어요. 더 이상 볼 게 없다고 했더니 책을 빌려줬어요. 처음에는 흰토끼와 삼월토끼가 헷갈렸어요. 전부 토끼라고만 하니까. 흰토끼는 굴토끼예요. 영어로 래빗이래요. 삼월

토끼는 멧토끼, 헤이어고요. 백과사전에서 봤어요."

"《이상한 나라의 앨리스》구나. 책을 누가 빌려줬어?"

"감나무 집이요."

"감나무 집 이모?"

"이모라고 하면 안 돼요. 언니라고 해도 싫대요. 그냥 감나무 집이라고 부르랬어요."

"언제 마지막으로 봤어? 감나무 집을?"

"그날이요."

"경찰 아저씨 만나기 전에? 아니면 만나고 나서?"

"만나고 나서."

"눈 오기 전에? 아니면 눈 오고 나서?"

"눈 오기 전에."

그가 손에 든 볼펜을 움직여 글자를 적는다. 규이는 계속 말한다.

"감꽃은 귀여워요. 끝이 살짝 말려 있어서 꼭 오리주둥이 같거든요. 연결하면 목걸이가 돼요. 왕관도 만들 수 있어요."

규이가 양손을 머리 위로 올려 왕관을 쓰는 시늉을 하자 그가 미소짓는다.

"하트 여왕이 되는 건 쉬워요. 목을 치라고 하면 되니까요. 삼월토끼가 그래서 거울 나라로 갔나 봐요. 붉은 여왕은 목을 치라고 하지 않지만 잔소리가 심해요. 먹어라, 씻어라, 공부해라, 숨어라, 조용히……."

"《거울 나라의 앨리스》도 읽었구나. 아마 모든 게 반대인 나라였지."

아는 척을 하는 그에게 반색하며 규이가 고개를 끄덕인다.

"밖으로 나가려고 해도 집으로 돌아와버려요. 가만히 있고 싶으면 계속 달려야 하고요. 꽃도 달리고 나무도 달리고 집도 달리고 길도 달리고. 다 같이 달리니까 전부 제자리라고 했어요. 하지만 두 배 더 빨리 달리면 어딘가 다른 데로 갈 수 있대요. 흰토끼는 빠르니까 어디든 갈 수 있을 텐데 왜 거울 나라에 가지 않았을까요?"

"이상한 나라가 좋았나 보지."

"그럴 리 없어요."

정색하는 규이를 그가 빤히 쳐다본다. 규이의 시선이 책상에 올려둔 컵으로 내려간다. 이어서 틱틱 엄지손톱을 물어뜯는다. 그는 천천히 말을 고른다.

"거울 나라에 가는 방법을 몰랐던 게 아닐까."

"그래서 버튼이 생겼나 봐요."

"겨울이 오게 만드는 버튼?"

"아니요."

"밤나무에 버튼이 돋아났다며?"

"네."

171

"버튼을 봤다는 거지?"

"네."

"겨울이 오게 만드는 버튼은 보지 못했고?"

"아니. 겨울이 아니라……."

이 버튼을 누르면 거울이 옵니다. 규이가 글자를 읽는 소리를 엄마는 잠자코 듣기만 했다. 거울 나라에 가야지 어떻게 거울 나라가 올 수 있을까. 떠들면서도 엄마가 알아들으리라 기대하지 않았다. 혼자 책을 읽을 수 있게 되기 전부터 엄마는 말이 잘 통하지 않는 규이에게 쩔쩔맸다. 하물며 버스터미널에서 마을 밖으로 나가는 차표를 살 수 있을 턱이 없었다. 아빠는 술을 마시면 곧잘 예전 일을 우스갯소리처럼 입에 올리곤 했다. 무슨 이야기인지 제대로 이해하지 못하면서도 엄마는 어깨를 움츠렸다. 규이는 그때마다 아무것도 모르는 척했다. 엄마가 태어난 나라를 지도에서 찾아보았는데 거리가 한 뼘이나 겨우 될까 싶을 정도로 가까웠다. 거기서는 엄마도 말을 잘하게 될까. 장소만 바뀔 뿐인데, 사람이 변한 건 아닌데.

"배고파요."

규이가 배를 문지르며 말한다. 그는 대꾸하지 않고 손에 쥔 볼펜을 회전시킨다. 손가락 사이로 빙글빙글 돌아가는 볼펜에 규이가 시선을 빼앗긴 사이 그가 다시 질문한다.

"겨울이 아니라 거울이라는 거지."

"거울이에요. 교수님도 거울이라고 했어요."

"교수님이 누구야?"

그가 눈을 부릅뜨며 묻는다. 사납게 들려오는 목소리에 규이는 반사적으로 머리를 감싼다. 아무리 기다려도 고함을 지르거나 하지 않아 살며시 눈을 뜨니 맞은편 자리가 비어 있다. 규이는 팔을 내리고 두리번거린다. 방을 나갔던 그가 돌아와서는 곧 간식을 가져올 거라고 알린다.

"교수님까지만 말하고 먹자."

귀를 뚫은 흔적이 있는 귓불이 말랑말랑해 보인다. 규이는 입을 벌린다.

"아빠가 교수님이라고 불렀어요. 그날도 왔어요. 감나무 집 다음에, 아니, 전에, 아니, 다음에…… 음, 아무튼 버튼을 보고 있었어요."

＊

고속버스가 국도로 접어들며 속도가 느려졌다. 눈으로 뒤덮인 산과 들은 흑백 사진처럼 명암이 도드라졌다. 실제로 눈이 내린 날은 손에 꼽을 정도지만 녹지를 않으니 어느새 두툼한 층을 이루었다. 삼한사온이라는 말이 무색해진 지 오래지만 이렇게 긴 추위를 경험해본 적은 없었다. 한은 패딩점퍼를 끌어안은 손에 힘을 주었다.

하루아침에 무더위가 한파로 바뀌었다. 국지적인 현상이었다면 곧 예년 기온을 회복하리라고 믿었을 것이다. 전세계가 통째로 기온이 떨어졌다는 사실을 알았을 때 느낀 공포가 아직 몸 안에 남아 있었다. 낙폭의 차이만 있을 뿐 급격한 저온 현상은 기상이변을 촉발했다. 어떤 곳은 폭설이었고, 어떤 곳은 홍수였고, 어떤 곳은 지진이었다. 일주일을 넘기지 않으리라는 믿음이 꺾이고, 한 달을 넘기지 않으리라는 기대가 무너졌다. 날마다 최저기온이 경신되었다. 난방을 돌리면 추위는 버틸 만했으나 인플레이션은 어쩔 도리가 없었다. 임시강사나 다름없는 계약직 교수의 수입으로 감당하기 어려울 만큼 물가가 빠르게 상승했다. 식재료를 구하기 힘들어 문을 닫는 식당이 늘어나면서 한동안 가공식품으로 끼니를 때웠다. 생필품을 사재기해 품절 현상을 빚기도 했다. 추위에 시동이 잘 걸리지 않아 버리다시피 세워둔 자동차가 골목마다 즐비했다.

차갑게 식어버린 지구를 두고 누군가는 소빙하기의 도래라고 했다. 누군가는 다국적 기업의 음모라고 했다. 종말론을 부르짖는 이가 매스컴에 등장하기도 했다. 한은 붉은 여왕의 원리를 떠올렸다. 혼자 아무리 빨리 달려도 주변의 모든 것이 같은 속도로 이동한다면 결국 제자리나 마찬가지다. 생존경쟁에서 어느 한쪽이 일방적인 승리를 거둘 수 없기에 혼자 빨리 달리면 결국 그 대가를 치르게 되리라. 밤나무에 돋아난 버튼은 징조였을까 아니면 징후였을까.

전임교원 채용 소식에 브로커라도 만나야 하나 전전긍긍하던 때였다. 은사의 조카 친구라는 사람의 부탁을 거절하지 못하고 차를 몰고 갈 때만 해도 휴일을 공쳤다고만 생각했다. 밤나무에 2센티미터 정도 되는 동그란 쇠가 박혀 있는 걸 보았을 때는 짜증마저 일었다. 은사의 조카 친구라는 사람이 글자가 새겨진 나무껍질에 끌을 대고 망치를 내리치는데 흠집조차 나지 않는 걸 보지 못했다면 신고는커녕 입도 벙긋하지 않고 돌아섰을 것이다. 나중에 전해 듣기로는 신고한 다음 날부터 경찰이 와 언덕 앞을 지키고 섰다고 했다. 시골치고는 대응이 빠르다 싶었는데 나중에 다시 가보니 취해진 조치가 허술하기 짝이 없었다. 경찰이 핸드폰에 집중하는 동안 한은 노란 띠를 넘어 낮은 언덕을 올랐다.

이 버튼을 누르면 겨울이 옵니다.

나무껍질에 새겨진 글자를 천천히 읊조리며 손가락으로 오톨도톨한 표면을 훑었다. 슬쩍 건드린 금속 재질의 버튼이 서늘했다. 조금만 힘을 줘도 쑥 들어가버릴 것 같았다. 가벼운 흥분이 몰려왔다가 사그라들었다. 언제 다가왔는지 고물상 집 아이가 지켜보고 있었다. 무더운 날씨에 여전히 소매가 길고 지저분한 티셔츠를 입고 있었다. 짙은 색 피부에 멍이 선연하던 아이 엄마는 보이지 않았다.

이 버튼을 누르면 거울이 옵니다.

아이가 한을 흉내 내듯이 목소리를 낮추어 글자를 읽었다. 한글을 떼고도 남았을 나이 같은데 아이는 겨울을 거울이라고 읽었다. 한은 아이의 말을 굳이 정정해주지 않았다.

흰토끼가 있어요.

아이가 땅거미가 깔린 밭을 가리키며 말했다. 수확을 했는지 꺾이고 부러진 대가 널브러진 밭은 거대한 절지동물이 몸을 뒤집은 것처럼 보였다. 짙은 어둠 속에 무엇이 숨어 있는지 윤곽을 구분하기 어려웠다. 굳이 애써 찾을 이유도 없었다. 한이 아무 말도 하지 않으니 아이는 금세 흥미를 잃고 다른 곳으로 향했다. 그제야 한은 핸드폰을 꺼내 버튼 사진을 찍었다.

차로 돌아왔을 때는 기분 탓인지 한기가 느껴졌다. 히터를 틀고 달린 지 얼마 안 되어 시야가 부옇게 변했다. 추석도 지나지 않았는데 쏟아지는 눈발이 당황스러웠다. 앞으로 가고 있기는 한 걸까, 의심하면서 한은 무작정 액셀을 밟았다. 계속 제자리인 것처럼 단조롭게 이어지던 풍경이 빙글빙글 돌았다. 에어백이 터지고 나서야 사고를 당한 줄 알았다. 구조되기 전까지 한은 싸늘하게 식은 차내에서 부들부들 떨며 쌓이는 눈을 지켜보았다. 바람이 불 때마다 흰토끼가 들썩이는 것만 같았다.

고속버스가 멈췄다 가기를 반복한다. 도착지가 가까워진 것 같아 한은 내릴 채비를 했다. 부모님 집에 가기로 한 건 딱히 계획이 있어서라기보다 혼자서 겨울을 맞기가 두려워서였다. 남해에는 난류가 흐르니 내륙보다 따뜻하지 않을까 하는 얄팍한 계산도 있었다. 무엇보다 순리대로 돌아가지 않는 현상으로부터 멀어지고 싶었다. 입원해 있는 동안 버튼을 찍은 사진을 인터넷에 올렸지만, 퇴원할 때까지 지인들 외에는 아무도 관심을 보이지 않았다. 한은 지독한 무기력함을 느꼈다.

웅성거리는 소리에 한은 고개를 들었다. 버스에 탄 사람들이 모두 고개를 돌려 창밖을 내다보고 있었다. 버스가 다리를 건너는 중이었다. 한은 눈을 가늘게 떴다. 파란색을 띠어야 할 바다가 쏟아진 우유처럼 온통 하얗게 얼어붙었다. 겨울의 겨울이 시작됐구나. 이제까지 겪어본 적이 없는 세상이 밖에 도사리고 있었다. 한은 버스에서 내리고 싶지 않았다.

책상 위에 내려놓은 소시지에 대뜸 손을 뻗는 규이를 막으며 그가 부드러운 목소리로 묻는다.

"그날 온 사람이 또 있니?"

"몰라요."

177

"엄마는 언제 떠났어?"

"몰라요."

같은 대답만 반복하는 규이로부터 대답 듣기를 포기하고 그만 물러난다. 규이는 얼른 소시지를 집어 포장을 뜯는다. 그는 두유팩에 빨대를 꽂아 책상 위에 두고 서류를 들춰본다. 감나무 집 주인이 떠나기 전에 받아놓은 진술을 읽는다. 고물상 집 주인이 빈번하게 아내와 자식을 폭행해도 동네 주민들에게는 평판이 좋았다는 내용에 희미한 분노와 체념이 묻어 있었다. 아이에 대해서는 착하고 영리하지만 허언증이 있는 것 같다며 염려했다. 밤나무에 돋아난 버튼에 대해서는 언급조차 하지 않았다.

그는 빨대를 입에 물고 두유를 쪽쪽 빨아 마시는 규이를 응시한다. 시선을 알아차린 규이가 긴장이 다 풀린 것처럼 빙긋 웃는다. 부친의 부고 소식에 별 반응을 보이지 않은 건 이해할 수 있었다. 다만 주변 사람들 이야기는 상세하게 쏟아내면서 정작 모친에 대해서는 번번이 두루뭉술 넘어가는 태도에 위화감을 느꼈다.

"누가 버튼을 눌렀을까."

그는 혼잣말인 것처럼 중얼거린다. 규이가 입에 든 걸 삼키고 얼른 대꾸한다.

"전부요."

"전부?"

"네. 다들 어딘가 다른 데로 가고 싶었나 봐요."

"엄마처럼?"

규이는 대답하지 않는다. 미로에 들어가는 문의 모양이 변하지 않듯이 마지막에 나가는 문의 모양도 바뀌지 않는다. 그날 하트 여왕이 목을 치기 전에 엄마는 하얀 장미를 칠하던 물감을 뒤집어쓰고 붉은 여왕이 되었다. 그리고 두 배 더 빨리 달려 이상한 나라를 떠났다. 규이가 알아듣지 못하는 말을 수북이 남겨놓은 채.

"거울 나라가 올 거예요."

"너는…….'"

그가 말을 잇지 못한다. 밖에서 쿵 소리가 났기 때문이다. 그가 규이를 혼자 두고 방을 나간다. 문틈으로 보이는 복도가 어수선하다. 규이는 일어나 블라인드를 올린다. 강한 바람에 눈가루가 드문드문 날린다. 어디선가 호두 깨지는 소리가 나면서 불꽃이 치솟고 창문이 덜컹거린다. 복도에서 짧은 비명이 들린다. 규이는 진동이 멈출 때까지 웅크리고 있다가 일어나 창밖을 내다본다.

천연한 색의 불기둥이 문의 모양을 하고 서 있다. 일렁거리는 빛이 가까워 보인다. 규이는 창문을 연다. 바람이 몰아치고 책상 위에 놓아둔 휴지가 동굴처럼 깜깜한 밤하늘로 순식간에 빨려 올라간다. 다시 쿵 소리가 나면서 건물이 들썩거린다. 규이는 창틀을 꽉 붙든다. 눈을 깜박일 때마다 명멸하는 세상에 붉은 여왕이 보인다. 드디어 거울 나라가 왔구나. 규이는 빠르게 눈꺼풀을 움직인다. 일곱 번째와 여덟 번째 눈 깜박임 사이에 잃어버린 여름이 꽃을 피우고 열매를 맺는다. 한입 깨물어 퍼트린 과즙이 동그랗게 얼어 바닥에 떨어진다. 달콤한 구슬이 바닥을 구르며 명랑하게 울어댄다. 규이는 이제 지겹지 않다.

흰토끼가 일제히 붉은 여왕을 향해 달려간다.

✳

벽난로 위에 거울이 있다. 거울 밖과 반대로 되어 있다는 점만 빼면 모든 것이 같다. 살짝 열린 문에 가려 보이지 않는 복도에 붉은 왕이 눈을 감은 채 자고 있다. 거울 밖의 이상한 나라는 붉은 왕의 꿈에서나 존재할 뿐이고 붉은 왕이 잠을 깨는 순간 펑 하고 사라질 것이다.

* 루이스 캐럴의 《이상한 나라의 앨리스》와 《거울 나라의 앨리스》를 참고했습니다.

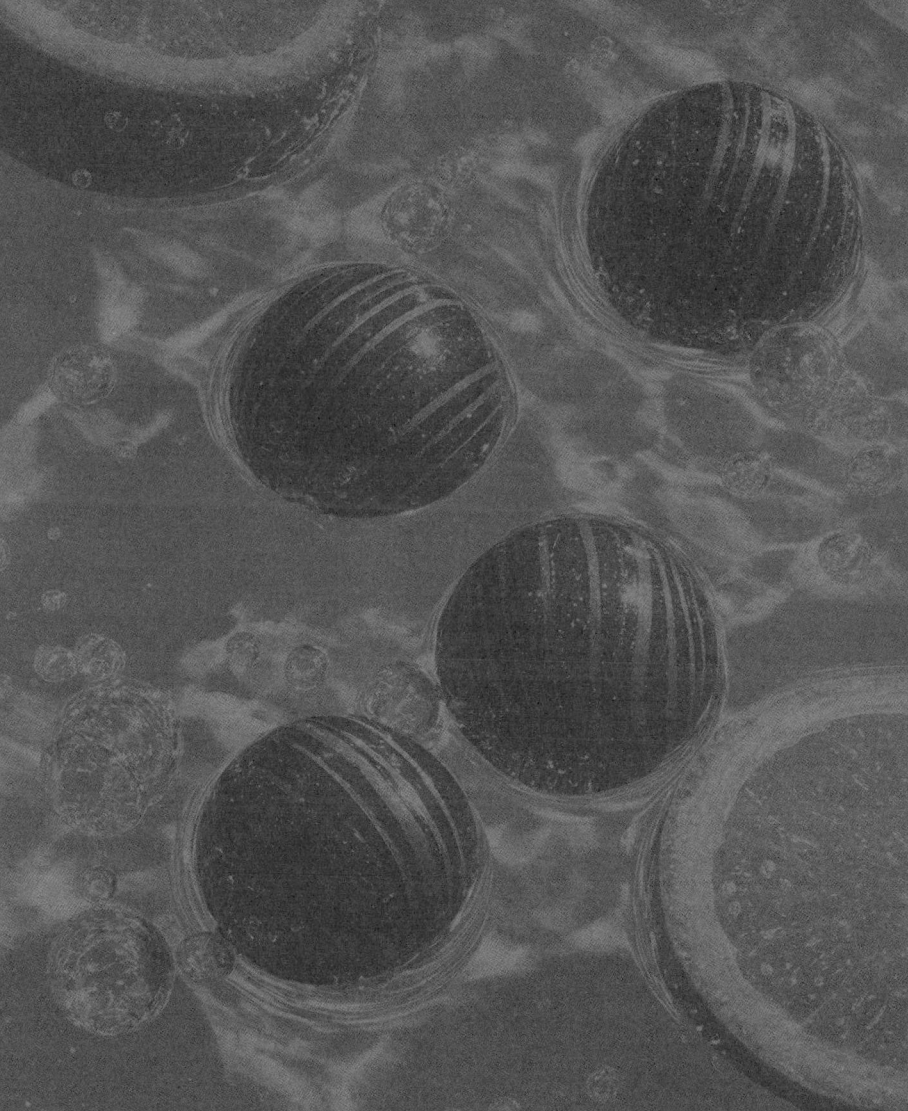

속삭이던

별들은

사라지고

세율은 데브리 예보부터 확인했다. 저궤도 낙하 예측 및 경보. 항공우주연구원 관할이면서 일기예보 사이에 능청스럽게 끼어 있는 항목은 약어가 따로 있음에도 다들 그렇게 불렸다. 뉴스에서 낙하물을 처음에 스페이스 데브리라고 지칭했기 때문이다. 케슬러 신드롬*이 실제로 일어났습니다.

아직 그날의 기억이 선연했다. 붉은 별을 보았다. 제자리를 벗어나 길게 꼬리를 끌며 사라져 유성인가 했다. 밤하늘에 하나둘 떠오른 빛이 차례로 붉은 선을 긋고 사라질 때까지만 해도 흥미로운 구경거리였다. 점멸하는 광원이 기하급수적으로 늘어나면서 절로 숨이 멈췄다. 검은 하늘에 쉴 새 없이 찍히던 붉은 점이 은하수를 잘라 붙인 것처럼 찬란하게 빛나다가 일제히 기울어지며 하늘을 긁었다.

세율은 양손으로 귀를 틀어막았다. 이명이 들리지 않자 천천히 손을 떼어내고 옷장 문을 열었다. 데브리 예보는 옷차림을 정하는 데에는 영향을 미치지 않아도 생존가방을 가져가야 할지는 고민하게 만들었다. 그날, 소형위성 충돌로 부서진 파편이 방아쇠가 되어 연쇄 충돌을 촉발했다. 그 여파가 지구 전역을 아우르기까지 채 하루도 걸리지 않았다. 중력에 이끌려 추락한 파편들은 대부분 전소했으나 일부가 대기권을 뚫고 지상에 도달해 큰 피해를 입혔다. 그리고 삼 년이 지나도록 현재 진행형이다.

그나마 예보가 생긴 건 다행이지만, KF94 마스크라도 준비할 수 있었던 미세먼지와 달리 데브리는 그저 달아나는 방법밖에 없었다. 평시에는 관심이었다. **일상생활 중 낙하물에 관심을 가져주세요.** 주의까지는 정상 출근이었다. 경계는 아직 경험해보지 못했지만 대중교통이 멀쩡하게 운행할지 의문이었다. 만약 멀쩡하게 운행하면 그건 그거대로 무서울 것 같았다. 마지막 단계는 그저 기도하는 수밖에 없다고 들었다. 그때를 대비해 종교라도 가져야 하나 싶었다. 심각재난재택근무회 같은 걸 누가 만들어주면 바로 가입할 텐데…….

어떤 사람들은 주의로 한 단계만 격상돼도 집 밖에 잘 나오지 않았다. 만날 수 있을까 반신반의하면서 옷을 고르는데 약속을 환기하는 메시지가 도착했다. 세율은 코트를 입고 목도리를 둘렀다. 생존가방을 지그시 쳐다보다가 평소 들고 다니는 가방에 접이식 우산만 챙겼다. 운동화를 신고 선글라스를 꺼내 쓴 다음 집을 나섰다. 지하철에 탑승하고 얼마 안 있어 나루의 전화를 받았다.

"괜히 가라고 했나 봐."

원래 오늘 약속은 나루의 것이었다. 이상한 전화를 받았어. 열흘 전 식사를 마치고 늘 그러듯 아일랜드 식탁에 마주 앉자마자 나루가 말했다. 임지연 씨를 인터뷰하고 싶대. 임지연은 나루의 엄마 이름이고, 나루의 엄마는 작년에 돌아가셨다. 교통사고였다. 부고를 알려도 만나기를 원해서 나루는 결국 인터뷰 약속을 잡았다. 공교롭게도 갑자기 출장이 잡히는 바람에 세율이 대신 가기로 했다.

"바다에 떨어질 거래."

"저번에도 틀렸잖아."

"어쩌다 한 번이지."

"그게 오늘이면?"

"미리 사서 걱정이다."

세율은 나루의 말버릇을 흉내 내어 말했다. 미리 사서 걱정이라는 말을 나루는 엄마에게서 물려받았다고 했다. 철모르던 시절부터 들어와 저절로 입에 배어 잘 떨어지지 않는다며 미간을 꼬집듯이 찌푸렸지만, 굴곡진 피부에 손가락을 올려 살

살 다림질하자 콧바람 소리를 내며 웃었다. 이번에도 피식 웃는 소리가 건너오지 않을까 했는데 핸드폰 너머가 잠잠했다.

"알잖아."

얼핏 예전과 비슷한 삶을 유영하는 듯 보여도 거기에 이르는 과정은 확연히 달라졌다. 밤하늘에서 유성보다 데브리 연소 흔적이 더 자주 눈에 띄었다. 붉은 선 하나하나가 재앙이 될 가능성을 품고 있었다. 한 번 기회를 놓치고 다음 기회를 또 얻으리라 기대하기 힘든 시절이었다.

"조심해."

"너도."

안녕이라는 말을 대체한 인사를 마지막으로 전화를 끊었다. 붉은 별을 목격한 사람은 누구나 돌이킬 수 없는 변화를 겪었다. 좋은 쪽으로든 나쁜 쪽으로든. 세율은 하늘만 보면 철판 긁는 소리가 들렸다. 진료과목을 바꿔가며 병원에 다녀봐도 소용없었다. 어떻게든 출근은 해야 했기에 야외스포츠용 선글라스를 장만했다. 하늘을 완전히 가릴 순 없어도 불쑥 나타나 흠칫하게 만드는 빛 정도는 몰아낼 수 있었다. 그날, 나루는 엄마에게 전화했다. 먼저 안부를 묻지 않았으면 언제 연락이 왔을지 모른다고, 충분히 사랑받지 못했다는 생각에 원망한 적도 있었노라고 세율에게 고해하듯이 속삭였다. 살가운 모녀 사이는 아니었다지만 시간이 더 주어졌으면 달라졌을지도 모른다. 나루와 세율이 동거를 시작했듯이 어쩌면.

찬 바람이 강하게 불어 코끝이 시렸다. 선글라스를 슬쩍 들어 올리자 도로를 따라 늘어선 은행나무가 보였다. 늦가을까지 기온이 따뜻해 미처 단풍이 들지 못한 잎이 절반이었다. 녹차 맛 아이스크림 위에 망고 맛 아이스크림을 얹은 듯 색이 분할된 가로수 옆으로 나루의 엄마가 일했던 아파트 단지가 보였다. 충돌 흔적을 찾을 수 없을 정도로 깨끗이 수리되어 있었다. 세율은 심해처럼 너머가 들여다보이지 않는 먹구름을 배경으로 사진을 한 장 찍었다.

약속 장소는 아는 사람들만 올 것 같은 골목 안쪽의 동네 카페였다. 의자며 선반 같은 집기가 모두 원목이었다. 그중 유일하게 테이블 상판이 청록색을 띠는 구석 자리에 삼각대가 세워져 있었다. 다른 손님은 없었다. 전화를 걸자 그 자리에서 사춘기를 갓 벗어난 앳된 얼굴이 돌아보았다.

인터뷰를 원한 학생의 이름은 이담이었다. 나루는 자기가 모르는 엄마 이야기를 듣고 싶다고 했다. 인터뷰라는 말을 액면 그대로 받아들이지 않은 건 분명했다. 아니었으면 취소할지언정 다른 사람을 대신 보낼 리가 없었다. 세율 역시 마찬가지였다. 아무리 한 아파트에서 알고 지냈다지만 나이 차가 반백 년에 가까운 데다가 고용인과 피고용인 사이였다. 좋게 좋게 대답해주고 그 과정에서 나루에게 선물할 만한 이야기나 건지면 그만이라고 가볍게 생각했다.

설마 이렇게 본격적으로 촬영 준비까지 할 줄 몰랐기에 세율은 멈칫했다. 당혹스럽다기보다 난감했다. 상실의 경험을 공유하는 순수한 애도자로 보아야 할지, 고인의 기억을 저당 잡아 숙제를 해결하려는 영악한 고등학생으로 의심해야 할지 판단하기 어려웠다. 뭘 더 묻기 전에 이담의 손에 들린 핸드폰이 진동했다. 화면에 '엄마'라는 글자가 떠 있었지만 전화를 받지 않았다. 꺼리는 기색이 역력해서 세율은 확인하지 않을 수 없었다.

"여기 온다고 말 안 했어요?"

"했어요. 여기 와서도 연락했고요."

멈추었던 진동이 다시 울리자 이담은 한숨을 쉬면서 핸드폰을 들고 반대편 구석 자리로 이동했다. 약속 장소를 정할 때 멀리 갈 수 없으니 근처로 와달라고 부탁한 이유를 알 것 같았다. 삼 년 전 그날 이후 간간이 떨어지던 데브리 중 하나가 고층 아파트 베란다를 부수고 거실 바닥에 틀어박혀 사망자를 냈다. 뉴스에서 자주 언급한 데다가 데브리 예보가 만들어진 결정적인 계기이기도 해서 기억했다. 나루의 엄마가 그 일로 인터뷰한 줄은 모르고 있었다. 작년에 부고를 돌리다가 알게 된 사실이었다. 인지도 없는 매체에 미화원 A씨로 한 줄만 나왔을 뿐이라 누가 알려주기 전까지는 모를 만도 했다. 나중에 기사를 찾아본 나루가 맥없이 중얼거렸다. 사진도 실어주지.

이담이 통화하는 동안 세율은 주문한 커피를 받아 왔다. 데 브리 예보가 주의에서 관심으로 하향되거나 경계로 격상되기까지 걸리는 시간은 대중이 없었다. 빠를 때는 한 시간 이내였고, 오래 걸릴 때는 반나절을 넘겼다. 세율은 김이 올라오는 찻잔을 두 손으로 감쌌다. 괜찮을 줄 알았는데 손끝이 차가워졌다.

"죄송해요."

통화를 마치고 돌아온 이담이 고개를 꾸벅이며 사과했다.

"아파트에 유성이 떨어진 뒤로 엄마가 좀 예민해요."

"유성?"

세율의 입이 저도 모르게 움직였다. 그날, 그 일, 그때, 그것. 대명사를 사용하는 이유는 기억을 환원하고 싶지 않기 때문이다. 모호하게 본질을 흐리는 이미지를 주고받는 행위는 그날 이후 익숙해졌다. 아예 동떨어진 의미의 단어로 치환했으면 되묻지 않았을 것이다. 헤아리는 시선 앞에서 이담이 얕게 웃었다. 그 나이대라면 으레 갖추고 있으리라 기대하는 성질 사이로 시절의 파편이 틀어박힌 표정이었다. 세율은 달싹거리던 입을 다물었다. 이담은 핸드폰을 삼각대 홀더에 고정하고 방향을 조정했다. 네모난 화면 안에서 단발머리 여자가 코트를 벗었다.

＊

단발머리 여자가 사선 방향으로 화면에 담긴다. 그 옆에 스탠드가 주황빛을 은은하게 퍼트린다. 커다란 통창이 화면 모서리에 걸쳐 있다. 허리를 꼿꼿이 세우고 앉은 여자가 청록색 테이블 맞은편을 응시한다.

이담　무슨 과일을 좋아하세요?

세율　복숭아.

이담　제 동생도 복숭아를 좋아해요.

세율　동생이 있어요?

이담　네. 초등학생이에요. 나이 차가 많이 나죠. 걘 물복보다 딱복이 더 좋대요.

세율　나루도 딱복을 더 좋아해요.

이담　지연 님도?

세율　임지연 씨 말이죠? 어색하네요. 그분을 이름으로 부를 일이 없어서.

이담　만나본 적 있으세요?

세율　아니요. 나루한테 얘기만 들었어요. 이야기는 많이 들었는데, 좋아하는 과일은 생각이 안 나요.

이담　세율 님은요? 물복? 딱복?

세율 복숭아는 다 좋아해요. 천도복숭아도 좋고, 신비복숭아
      도 좋고.

이담 신비복숭아 맛있죠. 저도 좋아해요. 망고를 더 좋아하기
      는 하지만 이제는…… 먹어봐서 다행이라고 해야 할지,
      먹어봐서 괴롭다고 해야 할지 모르겠어요. 냉동으로는
      절대 그 맛이 안 나잖아요. 너희들은 진짜 여름을 모른
      다. 할머니가 그렇게 말씀하시는 이유를 알겠어요. 저도
      동생한테 그러거든요. 넌 진짜 망고 맛을 몰라. 같이 먹
      었으면서 기억이 안 난대요. 복숭아도 맛있는데 왜 없는
      걸 가지고 난리냐고 그러더라고요.

여자가 짧게 미소 짓고 입을 다문다.

이담 별 하면 뭐가 생각나세요?

세율 은하수.

이담 그리고요? 정답이 있는 게 아니니까 생각나는 대로 말
      씀해주세요.

세율 별자리. 북극성. 동방박사. 아기 예수. 크리스마스. 캐
      럴. 자장가. 모차르트. 작은 별. 몰디브. 플랑크톤.

이담 플랑크톤?

세율 몰디브에 푸르게 빛나는 파도가 밀려와요. 별의 바다라

고 부른대요.

여자가 고개를 숙이고 만지작거리던 핸드폰을 화면 밖으로 건넨다.

이담   와. 예뻐요.

세율   플랑크톤이에요. 발광 플랑크톤. 알고 나니 김이 새버렸죠. 당연히 원인이 존재할 줄은 알았지만, 너무 빨리 알았다고 해야 하나.

이담   뭔지 알겠어요. 모르고 보는 것과 알고 보는 건 다르니까요. 그래도 이렇게 멋진걸요. 플랑크톤이면 어때요. 언젠가 직접 가서 발을 담가보고 싶어요.

세율   항상 일어나는 현상은 아니래요. 거기 간다고 해도 볼 수 있을지 없을지 몰라요.

이담   가능성이 조금이라도 있으면 꿈은 꿀 수 있잖아요. 비행기가 언제 다시 운행할까요?

세율   글쎄요.

화면 밖에서 들어온 손으로부터 핸드폰을 돌려받는다.

이담   할머니는 시간이 좀 걸려도 원래대로 회복될 거라고 했어요. 문명은 언제나 발전해왔다고요.

세율   낙관적이시네요.

이담   제 꿈이 우주비행사였거든요. 비행기가 뜨면 언젠가 우주선도 다시 뜰 테니까 실망하지 말라고 해주신 말씀이에요. 화성에 가고 싶다고 노래를 불렀으니까요. 그거 아세요? 화성의 마리네리스 협곡은 그랜드캐니언보다 열 배나 크대요. 붉은 모래폭풍을 헤치며 거길 달리면 얼마나 멋있을까요. 화성의 남극은 물이 아니라 이산화탄소가 하얗게 얼어붙은 거라고 했어요. 물이 없으니 빙하도 없겠죠? 그럼 빙산만 존재하는 걸까요? 생일 선물로 천체망원경도 받았어요. 화성은 공전 궤도가 타원형이거든요. 그래서 지구와 가까워졌다 멀어졌다 하는데, 태양에 바짝 접근했을 때 지구가 가까워지면 맨눈으로도 화성을 볼 수 있어서…….

세율   알아요. 뉴스에서 들었어요.

이담   네. 놓치면 십오 년 뒤에나 볼 수 있다고 해서 점심때부터 망원경 설치하고 기다렸어요. 잔뜩 기대했는데…… 붉게 빛나는 별이 너무 많았어요. 그중에 어떤 게 화성인지 알아볼 수 없었죠.

세율   실망이 컸겠네요.

이담   그땐 실망할 겨를도 없었어요. 케슬러 신드롬이 일어났다고 하더니, 위험하다고 학교에 못 가게 하고, 인터넷도 자꾸 끊어졌잖아요. 하나만 잘못됐으면 마음껏 실망 했을 텐데 모든 게 어긋나버려서, 그냥 뭘 해야 좋을지 알 수 없었던 것 같아요.

세율　학교는 다시 가잖아요.

이담　작년부터요. 동생은 아직도 학교에 꼭 가야 되냐고 툴툴 대요. 입학할 때부터 화상 수업만 해서 그런가 봐요. 저 는 좋았어요. 하마터면 교복을 입어보지도 못하고 졸업 할 뻔했으니까요. 오늘처럼 단계가 올라가면 빠지지만 그게 어디예요. 처음에는 아파트 밖으로 아예 나가지 못 했거든요. 이제는 다들 알아버렸으니까요. 숨어만 있는 다고 피할 수 없다는 걸, 아파트라고 다르지 않다는 걸, 오히려 아파트라서 위험하다는 것까지요. 요즘은 층수 가 낮은 집들이 인기가 많대요. 동쪽에 높은 건물이 있 으면 더 비싸다고 그랬어요. 아빠가요. 액땜했다고, 한 번 떨어진 곳에 또 떨어지겠냐고 하는데, 그렇게 믿고 싶은 거겠죠. 대출 때문에 이사 가고 싶어도 못 가는 걸 다 아는데요.

여자가 음 소리를 냈다가 삼각대 쪽을 힐끔 보고 찻잔을 들어 올린다.

이담　신경 쓰지 마세요. 영상은 저 혼자 볼 거예요. 엄마는 인터뷰하는 줄도 몰라요.

세율   말하고 왔다고 하지 않았어요?

이담   여기 온 줄은 알지만 친구 만나서 숙제하는 줄 아세요.

세율   왜 그렇게까지 해요?

이담   인터뷰요? 어쩌다 보니? 원래 지연 님 연락처만 물어보
       려고 했어요. 갑자기 그만두셨거든요. 같이 일했던 분들
       한테 여쭤봐도 다 모르시더라고요. 그러다 지연 님에 대
       해 이런저런 이야기를 들었는데…….

종이 넘기는 소리가 난다.

이담   드세다. 부지런하다. 점잖다. 거만하다. 친절하다. 무뚝
       뚝하다. 제각각이죠? 그래서 인터뷰를 시작했어요. 그
       렇게 말하는 이유를 알아야 이해할 수 있을 것 같아서
       요. 많이 물어보면 대답도 많이 돌아오잖아요. 다 적기
       도 힘들고 헷갈리기도 해서 녹음을 해야겠다 싶었죠. 녹
       음해도 되냐고 여쭤보면 경계하시는데, 인터뷰해도 되
       냐고 물어보면 오히려 반기시더라고요. 묻지 않은 이야
       기까지 잔뜩 들어버렸어요. 그러다 우연히 철웅 님을 만
       나서…….

세율   누구?

이담 철웅 님이요. 경비원으로 오래 일하셨던 분인데 지금은
      그만두셨어요. 철웅 님은 그러셨어요. 빈말로도 친절했
      다고는 말할 수 없지만 씩씩하긴 했다고, 휴게실에서 항
      상 뭘 읽거나 수첩에 끄적거리고 있었다고, 사용하는 말
      이 남달라서 예전에 학습지 선생을 했나 싶었다고요. 시
      거나 떫거나 곯은 과일을 들고 와 선심 쓰듯 주고 가는
      사람이 있었는데, 자기들은 아깝기도 하고 보는 눈이 무
      섭기도 해서 일단 집에 가져가는 걸 지연 님은 바로 쓰
      레기통에 던져 넣었대요.

세율 잠깐.

여자가 핸드폰을 조작하다 말고 손을 멈추며 한숨을 내쉰다.

세율 인터뷰 끝나고 녹화 파일 받을 수 있을까요?

이담 그럼요. 메일 주소 적어주시면 보내드릴게요.

여자가 화면 밖에서 건네받은 수첩에 볼펜으로 끄적거린다.

세율 수첩을 쓰네요. 녹화도 하면서 수첩이 필요해요?

이담 만약을 대비해서요. 유성이 떨어지면 충격파가 발생해
      서 전자제품을 못 쓰게 될 수도 있으니까요.

여자가 화면 밖으로 수첩과 볼펜을 돌려준다.

세율   유성이요.

이담   네.

세율   아까도 유성이라고 했죠.

이담   이상해요?

세율   이상하다기보다 좀 낯설어서요.

이담   사실은 지연 님한테 배웠어요.

세율   임지연 씨?

이담   네. 유성을 감시하셨거든요.

세율   유성을……

이담   안 믿으시죠?

세율   아니, 그분이 하신 말씀이면 진심이겠구나 싶어서. 농담
을 즐기는 성격은 아니라고 들었거든요.

이담   맞아요. 정말 진지한 분이었어요. 너무 진지해서, 으음.

세율   편하게 말해도 돼요. 나루도 가끔 투덜거렸어요. 물
려받지 못한 유머 감각을 뒤늦게 개발하느라 고생했
다고요. 그래도 진중한 만큼 상대를 무시하지는 않았
대요. 원래 표현이 서투른 편이라 오해도 많이 샀다
고 했어요.

이담   그런가요? 첫인상이 나빠서 그러신 줄 알았는데.

세율   처음에 어떻게 만났는데요?

이담   수첩 때문에요. 계단에서 주웠거든요. 레몬칩 세우는 법
        이라면서 레시피 같은 게 적혀 있었어요. 케플러 법칙도
        있었고, 삐딱하게 웃는 하트랑…… 당장 기억나는 건 그
        정도예요. 수첩 주인이 누군지 궁금해지잖아요. 그래서
        기다렸어요. 한참 있으니까 작업복 입은 할머니가 바닥
        을 두리번거리며 오시더라고요. 그래서…….

여자가 커피를 한 모금 마신다. 테이블 모서리를 만지작거릴 동안
카페 안에 틀어놓은 음악 소리만 난다. 여자가 양손을 깍지 껴 테이
블 위에 올리며 묻는다.

세율   그래서요?

이담   수첩 주인이라는 걸 증명해야 돌려주겠다고 했어요. 그
        땐 장난이라고 생각했던 것 같은데…….

세율   아니었어요?

이담   잘 기억이 안 나요. 어떤 기분이었는지는 아는데요. 계
        속 짜증이 나 있었거든요. 아빠는 얼굴 보기 힘들고, 엄
        마는 잠만 자고. 동생은 자꾸 나한테 와서 귀찮게 구니
        까 화도 많이 냈어요. 지금은 좀 미안한 생각이 들어요.

세율   그땐 다들 그랬죠.

이담　지연 님한테도요.

여자가 찻잔으로 늘어뜨린 시선을 들어 앞을 빤히 쳐다본다.

이담　여인초라는 화분이 있었어요. 여행자들이 그 잎에 고인 물로 목을 축였다고 해서 여인초래요. 우리 집에서 제일 큰 화분이었는데 아무도 내다보지 않아서 제가 물을 줬어요. 그거라도 해야 할 것 같아서요. 어느 날 보니까 여인초가 말라 죽어 있었어요. 왠지 울컥해서 집을 나오긴 했는데…… 아파트 밖으로 나가기는 무섭고, 달리 갈 데는 없고, 할 수 없이 계단으로 갔거든요. 그러다 수첩을 발견한 거예요. 재미있는 일이 생겼다고 생각했을지도 몰라요. 심술부리고 싶었는지도 모르고요. 어쨌든 수첩을 그냥 돌려주기 싫었어요. 만약 바로 돌려드렸으면, 그랬다면 어땠을까 생각해본 적이 있어요. 미화원 할머니한테 좋은 일 했다고 생각했겠죠. 하지만 계단에 다시 가는 일은 없었을 거예요. 지연 님 이름도 모른 채 영영 잊어버렸겠죠.

세율　무슨 일이 있었는데요?

이담　점유이탈물횡령죄라는 게 있다고 진지하게 설명하셨어요.

세율   그래요.

이담   놀라지 않으시네요.

세율   충분히 그럴 수 있는 분이라고 들었으니까요.

이담   맞아요. 하지만 그땐 몰랐는걸요. 그래서 얼른 수첩을
      제자리에 돌려놨죠. 집에 와서 생각하니까 뭔가 이상한
      거예요. 그래서 다음 날 계단에 또 갔어요. 그다음 날도,
      그다음 날도, 지연 님을 다시 만나고도 계속해서…… 어
      차피 학교도 안 가고, 딱히 할 일도 없고, 심심해서 죽
      을 것 같았으니까요. 지금 생각해보면 불안해서 그랬
      던 것 같기도 해요. 뭐라도 하지 않으면 견딜 수 없었
      는지도요.

세율   그렇군요.

이담   하지만 계단에 갈 때마다 설렜어요. 겨우 집 앞이었는데
      멀리 모험을 떠나는 기분이었죠. 문주 님은 호모콰렌스
      의 숙명이라고 했어요.

세율   문주 님이면, 기자?

이담   네.

세율   임지연 씨 인터뷰한?

이담   맞아요.

세율   기사 보고 연락했어요?

이담   아니요. 철웅 님이 명함 보관해두신 게 있어서 그거 보

고 연락했어요.

세율   그분은 뭐라고 했어요? 임지연 씨에 대해.

이담   미안하다고 하셨어요. 관리 사무소에서 집값 떨어진다
고 입단속 시켰었대요. 아시다시피 지연 님은 인터뷰를
해버렸잖아요. 기사 나오고 바로 해고된 걸 문주 님은
나중에 알았다고 그러시더라고요. 저도 몰랐어요. 말도
없이 그만두셔서 서운하기만 했죠. 우습죠? 그렇게 덮
으려고 애를 썼는데 이젠 그 일을 모르는 사람이 없잖아
요. 뉴스에 나오고 이사 가는 집이 점점 늘어났어요. 낮
에는 시끄러운데 밤만 되면 조용해서 무서울 정도였죠.
그런데 최근에 새로 이사 들어오는 데가 생겼어요. 뉴스
에 나온 아파트가 너무 많아져서 그런가 봐요.

여자가 고개를 끄덕이며 찻잔을 들어 올리다가 도로 내려놓는다.

세율   아까 말한 건 뭐예요? 호모…….

이담   호모콰렌스. 탐구하는 인간이요. 끊임없이 호기심을 충
족시킬 대상을 찾는 것이 인간의 본성인 이상 탐험은 끝
나지 않을 거래요. 지구에서 미지의 장소가 사라지니까
우주로 향한 것처럼요. 우주가 막혀버리고 나서 다들 어
디로 가야 할지 모르는 거라고요.

세율   계단으로 갔네요.

이담   계단으로 갔어요.

화면 밖에서 웃음소리가 넘어온다. 여자가 건조한 표정으로 찻잔을
만진다.

이담   지연 님은 항상 같은 시간에 오셨어요. 수첩에 적은 게
       뭐냐고 물어도 대답해주지 않았고요. 언제나 청소를 끝
       내고 나면 창문으로 하늘을 올려다봤어요. 저도 그 옆
       에서 같이 하늘을 봤죠. 신기하게도 그러는 동안은 다
       잊어버릴 수 있었어요. 엄마도, 아빠도, 동생도, 나도,
       데브리도, 현재도, 미래도. 이런저런 질문들을 했지만
       그냥 옆에 있을 핑계에 불과했어요. 오히려 대답이 돌
       아왔을 때 깜짝 놀랐죠. 유성을 감시한다고 해서 더 놀
       랐고요.

세율   왜 유성이었어요?

이담   모르겠어요.

세율   안 물어봤어요?

이담   물어봤던 것 같은데 기억이 잘 안 나요. 그때는 지연 님
       보다 그 장소가, 갈 데가 생겼다는 사실이 더 중요했거
       든요. 사실은 정확하게 감시한다고 말씀하신 것도 아니

에요. 비슷한 표현을 하시긴 했는데 저는 그렇게밖에 설명하지 못하겠어요. 반년이나 만났으면서 그만두실 때까지 성함도 몰랐는걸요.

세율   그럴 수 있죠. 계단에서 잠깐씩 봤으면 실제로 만난 시간은 얼마 안 되잖아요. 다 합쳐봤자…….

이담   일주일.

세율   고작 일주일.

이담   저한테는 고작이 아닌데요.

세율   너무 고민하지 말라는 뜻이에요. 미리 사서 걱정이다. 임지연 씨 말버릇이에요. 나루가 눈치를 보거나 잔걱정을 하면 그렇게 말씀하셨대요. 마음에 오래 담아두는 성격은 아니라는데, 그게 또 남한테 관심 없어 보이기도 하니까, 나루도 어릴 때 마음고생을 좀 했다고 그러더라고요. 어른이 되고 나서야 엄마랑 말이 통하는 지점이 늘어나기 시작했다고.

이담   저도, 제가 어른이 되고 나면 말이 통하게 될까요?

세율   모르죠. 우리 엄마는 식당을 하는데 데브리 예보 때문에 장사가 안된대요. 단계가 격상되기만 하면 사람들이 밖으로 나오질 않는다고 투덜대요. 예보 덕분에 그나마 밖으로 나오는 거라고 아무리 말해도 소용없어요.

이담   우리 엄마는 단계가 올라가면 생존가방부터 차로 옮겨

요. 자동차 키를 못 찾아서 한번 헤매고 나서는 바로 음
성 인식으로 바꿨고요. 배달이 오지 않아서 결국 라면
끓여 먹은 적이 있는데, 그 뒤로 냉동식품이랑 간편식으
로 냉장고를 꽉꽉 채워놓아요. 덕분에 아이스크림은 들
어갈 자리가 없어요. 아, 케이크 드실래요? 여기 딸기
케이크가 맛있어요.

여자가 피식 웃는다.

세율   내가 살게요.
이담   아니요, 제가.
세율   내가 먹고 싶어서 그래요.

여자가 자리에서 일어나 화면을 벗어난다.

세율   눈이 오네요.
이담   예뻐요.

화면이 꺼진다.

케이크를 주문하고 테이블 앞에 다시 앉았을 땐 흩날리던 싸락눈이 함박눈으로 변해 있었다. 향수에 젖기엔 늦가을 날씨가 생소했다. 도롯가에서 본 은행나무는 계절을 압축하기라도 한 것처럼 겹치지 않아야 할 색이 공존했다. 꽃이 한꺼번에 피어나는 봄을, 가을 또한 닮아가는 듯했다. 세율은 이명이 울리기 전에 창문에서 시선을 돌렸다.

"포인트 네모를 아세요?"

이담이 쟁반에서 케이크를 내려놓으며 물었다. 하얀 생크림 위에 새빨간 딸기가 소담스럽게 올라가 있었다. 세율 앞에는 홍차가 담긴 찻잔을 두었다. 이담은 자몽에이드였다. 얼음이 잔뜩 담긴 유리컵에 물방울이 맺혀 있었다.

"《해저 2만리》. 네모 선장."

세율은 가로젓던 고갯짓의 방향을 바꿔 위아래로 끄덕였다.

"민경 님한테 들었어요. 육지에서 가장 멀리 떨어진 바다 한가운데를 해양도달불능점이라고 하는데, 예전부터 그걸 포인트 네모라고 불렀대요. 멋있죠?"

이담의 입에서 또 모르는 이름이 나왔다. 누구인지 물으니 우주과학자라고 했다. 기자가 소개해줬다는 말도 덧붙였다. 미화원과 경비원, 기자에서 우주과학자까지 인터뷰가 이어질

동안 녹음하고 녹화한 파일을 보관만 했을 리 없었다. 듣고 또 듣고, 보고 또 보고, 생각하고 또 생각하고. 머뭇거리지 않고 입에서 바로 이름이 튀어나올 정도로, 그러다 그들이 했던 말을 일부 외울 정도로 반복해서 시청했겠지. 그런 식으로 세율의 이름도 외우리라 생각하니 저절로 입이 다물어졌다.

"수명이 다한 인공위성은 포인트 네모에 떨어뜨려요. 그래서 인공위성의 무덤이라고 부르기도 한대요. 옛날엔 다들 시인이었나 봐요. 그때 태어났으면 어땠을까 생각해본 적이 있어요. 최초로 달에 착륙하는 순간을 목격한 기분이 궁금했거든요. 21세기에는 화성에 갈 수 있을 줄, 직접 가진 못하더라도 목격할 수는 있을 줄 알았어요. 그런데 거꾸로 되어버렸잖아요. 할머니가 낙관적인 이유는 달에도 갈 수 있었던 시대에 살았기 때문이 아닐까요. 이젠 달에도 갈 수 없는 시대니까요."

머리 위에 공평하게 떠 있는 것처럼 보이는 위험을 모두 같은 크기로 감당하는 건 아니었다. 삶의 질을 약간만 떨어뜨리면 생필품을 절약할 필요가 없을 아파트 단지 주민이 하는 말이 세율에게는 배부른 소리로 들렸다. 고가의 브랜드 로고가 박힌 옷을 아무렇지 않게 입고 있어 더욱 그랬다.

"〈우주 전쟁〉 알아요?"

"아니요. 영화? 드라마?"

"원작은 소설이에요. 영화화되기도 했는데, 화성인이 지구를 침공하는 내용이죠."

"나중에 찾아볼게요."

"저도 소설은 안 읽었어요. 유튜브에서 본 거예요."

세율이 빙긋 웃으며 말했다. 1938년 10월 30일 미국의 한 젊은 감독이 〈우주 전쟁〉을 뉴스 속보 형식으로 연출했다. 화성인이 지구를 침공했습니다. 화성에서 온 외계인들이 방금 뉴저지를 휩쓸었습니다. 핼러윈을 하루 앞둔 날이었다. 라디오 드라마를 마무리하며 젊은 감독은 유머러스하게 말했다. 초인종이 울리고 아무도 없더라도 화성인이 아닙니다. 핼러윈입니다. 소설을 극화했다는 안내를 듣지 못한 청취자들에게는 핼러윈이 아니라 화성인이었다. 방송국과 경찰서로 연락이 빗발쳤고, 실제로 피난을 떠나는 등 큰 소동이 벌어졌다.

"옛날엔 화성에 문명을 가진 외계 생명체가 존재한다고 믿었으니까요."

이담이 고개를 끄덕이며 말했다. 세율이 나직한 목소리로 대꾸했다.

"그렇기도 하고…… 진짜 전쟁을 경험한 세대잖아요."

최초로 달에 착륙하는 순간을 목격한 사람들은 전쟁을 목격한 사람들이기도 했다. 이담의 입에서 침음 소리가 새어 나오는 순간 세율은 지금 내리는 눈이 올해 첫눈임을 상기해냈다. 창문이 아무도 손대지 않은 도화지처럼 새하얗게 일렁거렸다.

무심코 찻잔에 닿은 손가락이 흠칫 떨어졌다. 세율은 달아오른 손가락으로 귓불을 매만지며 물었다.

"녹화 계속할 거예요?"

"괜찮으시면요."

"그럼 깊은 이야기는 하기 힘들 텐데요."

이담은 영상을 혼자 본다고 했지만 그 말을 마냥 믿을 수 없었다. 보호자의 눈을 피했다고 착각한 채 포장된 자유를 만끽하는 시기를 익히 경험해봤기에 더욱이.

"가능성에 대해 생각해봤어요."

이담이 머들러를 쥔 손을 움직여 얼음을 저었다. 머들러가 멈추고도 얼음은 한동안 불규칙한 잔향을 남기며 컵 안을 맴돌았다. 목이 말랐는지 자몽에이드를 몇 모금 마시고 이담은 말을 이었다.

"인터뷰한 녹음 파일을 나중에 들어보면 기억과 다른 경우가 몇 번 있었어요. 분위기가요. 진심인 줄 알았는데 거짓말 같았고, 호의적이라고 생각했는데 꺼리는 것처럼 느껴지기도 했어요. 목소리만으로는 안 되겠다 싶어서 녹화하기 시작했죠. 표정이 더해지면 오독하지 않을 줄 알았거든요. 나중에야 깨달았어요. 아무리 정밀한 기록이라도 기분까지 저장할 수는 없다는 사실을요."

물기가 남은 손이 허공에 보이지 않는 그림을 그리기 시작했다. 손가락 끝에 고인 빛을 따라 세율의 시선이 흘러갔다.

"기억은 말하기 전에 편집돼요. 편집된 기억은 이야기로 발화되고요. 이야기는 다시 기억으로 돌아와요. 대화란 그렇게 말과 기억과 이야기가 서로 영향을 미치며 순환하는 과정이었던 거예요. 기분은 그 부산물에 가깝달까. 그런데 참 신기하게도 부산물이 더 선명하게 더 오래 남잖아요. 기억은 기분 위에 뿌려진 토핑 같은 거죠."

한데 모은 손가락을 문지르며 이담이 웃었다.

"그래서 저는 믿기로 한 거예요. 독해의 가능성을요."

"오독할 수 있다면서요?"

"영영 잃어버리는 것보단 나으니까요."

이담의 손이 수첩을 움켜쥐었다. 아까부터 손이 빌 때마다 애착 인형처럼 수첩을 만지작거리는 습관을 세율은 내내 지켜보았다.

"왜 그렇게까지 해요?"

질문하면서 인터뷰어와 인터뷰이가 바뀌었다는 생각이 들었다. 카페 안이 한층 어두워진 느낌이었다. 그새 더 굵어진 눈발이 곁눈에 희끗거리며 스쳐 지나갔다.

"알고 싶어서요."

"무엇을?"

"모르겠어요."

이담이 고개를 가로젓고 말했다.

"하지만 지연 님은 알고 계셨던 것 같아요."

앳되면서 앳되지 않은 얼굴이 창문으로 향했다. 물결치는 소리를 제 안에 가둔 하얀 결정이 끈질기게 바닥을 덮었다. 카페 안을 맴도는 음악조차 고요하게 낙하했다.

"만날 수만 있으면 정말 만나고 싶었어요."

이담의 시선이 잠시 허공을 헤맸다. 사진도 싫어주지. 나루가 그 말을 할 때 어떤 표정이었는지 벌써 기억이 흐릿해졌다. 그저 옆에서 지켜보던 기분만 선명하게 남아 그 마음을 짐작하게 했다. 한 사람을 골똘히 생각한 덕에 짐작이라도 할 수 있었다. 만약 나루가 이담을 본다면 어떤 기분일지.

무거운 적막을 가르듯 알람이 울렸다. 세율은 서둘러 핸드폰을 집어 재난 문자를 확인했다. 대설주의보였다. 언뜻 시선이 마주친 이담이 해사하게 웃었다, 마치 머리 위에 도사린 위험에서 벗어나기라도 한 것처럼. 세율은 무심코 손을 들어 제 입가를 매만졌다.

"실망할지도 몰라요."

"그만큼 알지도 못하는걸요. 다른 사람의 기억이라도 모아서 퍼즐을 맞추면 윤곽 정도는 보일 줄 알았어요. 그런데요. 이야기를 들으면 들을수록 공백이 더 커지는 거예요. 분명 200피스로 시작했는데 어느새 2000피스 퍼즐이 되어버린 것 같았어요. 지연 님이기 때문일까요? 아니면 누군가를 알아간다는 게 원래 그런 건가요?"

팔락팔락 넘어가는 종이에 무수한 빗금이 그어져 있었다. 힐끔 보기는 했어도 알아볼 수 있는 글자가 얼마 없었다. 모서리가 닳은 수첩 어딘가에 레몬칩 세우는 법이 적혀 있을 것만 같다고 생각한 순간 세율은 자세를 바꿨다.

"케이크부터 먹어요. 그래야 계속하죠."

임지연 씨를 살아 숨 쉬지 않는 육신으로 처음 마주했다. 작고 마른 몸이었다. 얼굴이 크게 상하지 않아 그나마 다행이라고 생각했다. 나루에게 전화를 받고 병원에 갈 때만 해도 데브리 때문인 줄 알았다. 교통사고라는 걸 알게 되자 아득해졌다. 앞으로의 삶에 얼마나 많은 사고가 포진해 있을지 짐작할 수 없어서 세율은 그저 나루의 손을 잡았다. 위로해야 할 순간에 위로받았다. 살아계실 때 무리해서라도 찾아가볼걸. 그럼 나루의 슬픔에 더 깊이 공감했을 텐데. 인터뷰 영상을 그대로 건네도 괜찮을지 고민하지 않았을지도 모르고. 그러니 더 들어보고자 했다. 비록 이야기라도. 어차피 세율이 아는 임지연 씨는 모두 이야기로서만 존재했다.

이담이 포크를 집어 들 때 세율은 메시지를 확인했다. 일이 빨리 끝나 돌아가는 길이라는 나루에게 답장을 보내고 핸드폰을 내려놓았다. 어쩌면 나루 대신 와서 다행인지도 모르겠다는 생각이 문득 들었다.

*

청록색 테이블 앞에 앉은 여자가 가방에 립글로스를 집어넣는다. 여자의 입술에 주황빛 광택이 은은하게 감돈다.

이담   데브리 하면 어떤 생각이 들어요?

세율   질문이 더 필요해요?

이담   인터뷰니까요. 괜찮으시면?

여자가 고개를 끄덕인다.

이담   데브리 하면 어떤 생각이 들어요?

세율   일기예보. 케슬러 신드롬. 화성. 우주 전쟁. 핼러윈. 고양이. 우리 동네에도 데브리가 충돌한 집이 있어요. 뉴스에 나오지는 않았지만. 세입자가 떠나고 수리하질 않아서 계속 부서진 채로 남아 있어요. 꼭대기 층이었는데 아랫집들도 서서히 간격을 두고 이사를 가서 통으로 빈집이 됐죠. 창문 있는 데가 뻥 뚫려서 밤이면 거기만 유난히 어둑해 보였어요. 불길

한 기운이 고여 있는 것 같았고, 스멀스멀 밖으로 새
어 나오는 기분이 들어서 최대한 반대쪽으로 붙어
걸었죠. 그런데 언제부턴가 거기서 무슨 소리가 들
리더라고요.

여자가 고양이 울음소리를 흉내 낸다. 웃음소리가 난다.

세율   고양이들 살기 시작하고 얼마 안 돼서 누가 그 집 벽
         에 그림을 그려놨어요.
이담   와, 사진 있으세요?

여자가 핸드폰을 화면 밖으로 건넸다가 잠시 후 돌려받는다.

세율   그림을 볼 때마다 기분이 좋아져요.
이담   누가 그렸는지 아세요?
세율   아니요.
이담   궁금하지 않으세요?
세율   궁금해요?
이담   호모콰렌스잖아요.
세율   호모콰렌스…….

여자가 피식 웃고 찻잔을 들어 올린다. 언뜻 앞을 보고 고개를 젓는다.

세율   아무것도 아니에요. 아까 말한 감독이 생각나서요.

이담   라디오 드라마?

세율   맞아요. 결국 기자회견을 열어서 사과했거든요. 기
       자가 드라마 톤을 낮춰야 하지 않았냐고 질문하니까
       뭐라고 대답했는지 알아요?

이담   뭐라고 했는데요?

세율   살인을 부드러운 뉘앙스로 표현할 수 없다고 했어요.

이담   흐흠.

세율   흐흠?

이담   인상적이네요. 사과하는 자리에 어울리는 대답이었
       는지는 모르겠지만.

세율   나중에 영화감독으로 성공했어요.

이담   아아.

세율   한동안 뉴스 속보 연출이 금지되기도 했다는데, 이
       젠 예능에서도 활용할 정도로 흔해졌잖아요. 사건은
       해프닝이 되었고요. 교통사고도 처음엔…….

여자가 입을 다물었다가 다시 움직인다.

세율	처음엔 재난이었지만 이젠 기사로 한 줄 나오기도 힘든 평범한 사고가 됐어요. 언젠가는 데브리에도 무뎌질 거예요.
이담	철웅 님과 비슷한 말씀을 하시네요. 철웅 님은 그 정도 위험은 어디에나 있다고 하셨어요. 공사장에서 일할 때는 허구한 날 사고 소식이 들려왔다고요. 그런 걸 일일이 신경 쓰다가는 아무것도 못 한다고, 먹고살기도 빠듯한데 하늘에 신경 쓸 겨를이 어디 있냐고, 데브리 예보가 생겼으니 알아서 대피하면 그만이지 않으냐고요.
세율	그래요.
이담	문주 님은 화를 냈어요. 데브리가 모든 화제를 블랙홀처럼 빨아들였다고요. 세상은 그대론데 마치 데브리 외에 다른 문제들은 다 사라진 것처럼 묻혀버렸다면서요. 사람들은 화면을 통해 보는 것에 익숙해진 나머지 자신도 그 화면 속 세상에 속해 있다는 사실을 잊어버린 것 같다고 그러셨어요.
세율	그렇군요.
이담	지연 님은 유성을 감시했어요.

얼음이 유리컵에 부딪히는 소리가 난다.

이담	계단에서 만날 수 없게 되고 나서야 이상하다는 생각이 들었어요. 감시라는 건 대비한다는 뜻이잖아요. 사람 눈으로는 운석이 대기권에 진입해서 불타오르는 찰나에나 겨우 알 수 있는걸요. 그걸 목격했다고 할 수는 있어도 감시한다고 할 수는 없잖아요. 만약 그 일이 아니었으면 제가 잘못 들었거나 지연 님이 잘못 말씀하셨다고 생각했을 거예요.
세율	그 일.
이담	유성이 온다고 했어요.

여자가 맞은편을 똑바로 응시한다.

이담	그때까지도 지연 님한테 크게 관심이 없었어요. 계단에 가면 항상 그 시간에 그 자리에 존재했으니까요. 가만히 있어도 누릴 수 있는데 굳이 애쓸 필요가 없잖아요. 유성이 온다는 말도 믿지 않았어요. 이해하려 들지도 않았죠. 창문에서 떨어지라며 양팔을 휘젓는 모습이 어눌해서 하마터면 웃을 뻔했는데 지연 님이 저를 밀었어요. 몸이 닿은 건 그때가 처음이었어요. 그때, 푸른 빛을 봤어요. 작은 빛이 순식간에 부풀어서 거대해졌어요. 태양을 한데 뭉쳐놓아도

그보다 밝지는 않았을 거예요. 쏟아지는 빛이 너무 환해서 주위가 다 어둡게 느껴졌어요. 소리도 공기도 없는 무중력의 어둠. 마치 우주 속에 떠 있는 기분이었어요. 눈앞에 별의 바다가 펼쳐져 있었죠. 하늘을 집어삼킨 불덩어리가 다가오는데 전혀 무섭지 않았어요. 오히려 끌어안고 싶어졌어요. 그때 알았죠. 지연 님은 정말 유성을 감시했구나, 하고. 무척 긴 시간으로 느껴졌는데, 실제로는 아주 짧은 순간이었어요. 계단에서 넘어지는 찰나였으니까요. 큰 소리가 난 줄도 몰랐어요. 건물이 흔들린 줄은 전혀 몰랐어요. 엄마는 충격을 받아서 잊어버렸다고 생각하지만, 아니에요, 유성을 봤어요. 진짜 유성이었어요.

카페 안에 틀어놓은 음악 소리만 난다.

이담   저도 알아요. 모를 수는 있어도 원인이 존재하지 않을 수는 없다는걸. 하지만 감시는커녕 목격하기도 힘들 만큼 작은 크기였어요. 운 좋게 발견했다고 쳐도 너무 빨라서 눈 깜박할 사이에 이미 아파트에 충돌했을 거예요. 창문에서 떨어지라고 말할 몇 초의 시간은 존재할 수 없어요. 현대 기술로도 불가능한 일을 맨몸으로 해냈다면 그걸 뭐라고 불러야 할까요? 기적? 마법? 아니면 지독한 우연의 일치?

세율 굳이 알아야 할까요.

이담 안 믿으시죠?

세율 믿는다고 하면 믿을 거예요?

이담 아니요.

세율 그대로 놔둬요. 시간이 지나야 알 수 있는 것들이 있잖아요.

이담 포인트 네모처럼 말이죠. 《해저 2만리》.

세율 기억해요.

이담 해양도달불능점을 포인트 네모라고 부른다는 이야기를 들을 때까지는 좋았어요. 마치 계단 위에 서 있는 기분이었죠. 하지만 인공위성의 무덤이기도 하다는 말을 듣는 순간 실망했어요. 또 아무도 보지 못하는 곳에 쓰레기를 밀어 넣고 무덤이라는 말로 포장했구나 싶었죠. 집에서 그랬으면 엄청 혼나고 다시는 못 했을 텐데요.

웃음소리가 짧게 난다. 여자가 홍차를 한 모금 마신다.

이담   우주도 바다와 크게 다르지 않아요. 저궤도 위에 중
          궤도가 있고, 중궤도 위에 정지궤도가 있고, 그 위에
          무덤궤도가 있어요. 인공위성은 수명이 다하면 무덤
          궤도로 올려보내는데, 미처 올라가지 못하면 중력장
          을 따라 흘러가다가 한데 모인대요. 태평양에 부유
          하는 쓰레기 섬처럼요.

화면 밖에서 한숨 소리가 길게 넘어온다.

이담   가끔 옛날에 태어났으면 어땠을까 하고 상상해봐요.
          별똥별에 환호하고, 포인트 네모를 인공위성의 무덤
          이라고 부르고, 우주비행사를 꿈꾸어도 전혀 이상하
          지 않은, 진짜 여름이 존재하던 시절이요. 하지만 제
          가 아는 건 진짜 망고 맛 정도니까요. 동생은 그조차
          도 몰라요. 달에도 갈 수 없는 시대에 살아야 한다는
          건 그런 거예요. 심지어…….

여자의 시선이 따라가듯 창문으로 향한다. 함박눈이 끊임없이 쏟아
진다. 카페 음악 소리가 멈추었다가 잠시 후 다시 흘러나온다.

세율   나루가 어릴 때 해외여행을 간 적이 있다고 했어요.

열차를 타고서.

여자가 창문에서 눈을 떼고 앞을 쳐다본다.

세율   착각한 거죠. 낯선 장소와 많은 외국인과 알아듣기 힘든 사투리, 거기에 더해서 엄마가 한 말 때문에 깜박 속았다고 했어요. 한국인 관광객이 참 많다. 그렇게 말했대요. 통역도 해주고, 커다란 게도 먹고, 기념품도 사주고. 아마도 엄마를 가장 존경한 날이었을 거라고 했어요. 비행기를 타지 않으면, 적어도 배라도 타지 않으면 해외여행은 불가능하다는 사실을 알아차리기 전까지 꽤 오랫동안 엄마가 그런 사람인 줄 몰랐다고요. 어떻게 생각해요?

이담   무엇을?

세율   임지연 씨는 진중한 성격이지만, 필요하면 태연하게 연기할 수 있다는 사실을요. 어쩌면 유성도……

이담   거짓말이라고요?

세율   저는 임지연 씨를 만난 적이 없어요. 그저 들은 이야기로 추측할 뿐이에요. 하지만 평생 궁핍하게 지냈다는 사실만은 알고 있죠. 가진 게 없으면 모험을 할 수 없어요. 어디로 가야 막다른 벽에 맞닥뜨리지 않을지 항상 골머리를 앓아야 해요. 평범한 일상은 거저 주어지지 않고 애써 일구어야 겨우 마련되는 사치재죠. 그래서 선택했을 거예요. 선택당했다고 해야 할까요. 미리 사서 걱정하는 대신 짧은 평온을 누리기로. 무뎌진다는 건 그런 거예요. 이해할 수 있을지 모르겠지만…….

이담 이해해요.

세율 이해해요?

이담 저도 무뎌지고 싶어서요. 하지만 목격해버렸는걸요.

세율 무엇을?

이담 아무도 사과하지 않음을요.

여자가 찻잔을 들어 올리다가 멈칫한다.

이담 아무도 사과하지 않았어요. 명칭만 바뀌었어요. 스페이스 데브리에서 낙하물로, 데브리 충돌에서 낙하 사고로. 어쩌면 교통사고도 비슷하지 않았을까요? 사실은 모든 게 그런 식이었는지도 모르죠. 방구석에 쓰레기를 밀어 넣듯이 슬슬 미래로 밀어 넣어버린 거예요. 덕분에 쓰레기 속에서, 쓰레기를 먹으며, 쓰레기에 맞아 죽을 걱정을 하며 살아야 하죠.

세율   비관적이네요.

이담   어떻게 낙관적일 수 있겠어요.

세율   호모콰렌스잖아요.

날카로운 알람 소리가 울린다. 핸드폰을 꺼내서 확인한 여자의 얼굴
이 굳어진다.

세율   단계가 격상됐어요.

이담   저는······.

화면이 꺼진다.

※

이담이 통화하는 동안 세율은 빈 잔을 들여다보았다. 천천
히 마셨는데도 어느새 바닥이 드러나 있었다. 이미 실현되어
버린 미래였다.

"엄마가 데리러 온대요."

세율이 가방에서 우산을 꺼내자 이담이 머뭇거리며 물었다.

"역까지 데려다드릴까요?"

"괜찮아요."

코트를 입던 세율은 수첩을 꽉 움켜쥔 손을 보았다. 시절의 파편이 어룽진 얼굴이 매달리듯 세율을 쳐다보았다. 너무 진지했구나. 목도리를 두르고 세율은 입을 열었다.

"냉엄한 현실밖에 남지 않은 세상은 무덤이나 다름없어요."

밤하늘을 화폭으로 만든 적광의 소나기를 찰나 황홀하게 바라보았다. 초인종이 울리고 핼러윈이 아니라는 걸 깨닫는 순간 세상은 전쟁터가 되었다. 참사라고 부르지 않는 사고들 곁에서 지구인으로 생존해야 할 미래가 까마득했기에 화성인이 되기로 했다. 타원형의 공전 궤도를 가진, 그랜드캐니언보다 훨씬 큰 협곡이 있는, 남극에 이산화탄소가 하얗게 얼어붙은, 밤하늘에 유독 푸르게 빛나는 별이 발견되는 행성을 고향으로 삼았다. 지구의 미래는 화성의 미래가 아니다. 하늘을 긁어대는 붉은빛만 가리면 그렇게 무뎌질 수 있었다.

경이는 파헤치기 전까지만 유효한 법이다. 이담은 정말 임지연 씨를 만나고 싶었을까. 사실은 미화원을 만나지 못해 안심하진 않았을까. 오독이라는 말 자체가 정답을 가정하고 있다는 사실을 모르는 걸까. 종잇장처럼 얇았을 기억은 수없이 많은 인터뷰를 통과해 이미 원형을 잃었다. 지연 님과 임지연 씨는 비슷해 보여도 전혀 다른 인물이었다. 세율이 화성인이 존재하는 세상을 발명했듯이 이담은 유성 감시원이 존재하는 세상을 발명한 것이다.

"선택당하기 전에 선택하는 거죠."

이담은 다시 진동하기 시작한 핸드폰을 아랑곳하지 않고 세율만을 주시했다. 몰입한 사람 특유의 기세가 선연했다. 녹화해서 영상을 다시 본다고 해도 지금 이담이 발산하는 미열을 설명하기 힘들 것이다. 세율은 이담에게 복숭아를 좋아하는 사람으로 남았으면 좋겠다고 생각하며 머리카락을 귀 뒤로 쓸어 넘겼다.

"우리에게는 그런 게 필요해요."

이담과 마지막 인사를 나누고 카페를 나섰다. 골목에 대충 멈춰 선 승용차에서 내린 누군가가 카페 안으로 뛰어 들어갔다. 두텁게 쌓인 눈을 조심스럽게 밟으며 세율은 골목을 빠져나왔다. 우산에 무게를 지닌 것이 툭툭 내려앉는 소리가 꾸준히 들려왔다. 도롯가로 나와서야 선글라스를 쓰지 않았음을 깨달았다. 우산대를 어깨에 걸치고 가방을 뒤적거리는데 전화벨 소리가 울려 가슴이 철렁했다. 허둥지둥 코트 주머니에 손을 집어넣는 찰나 발이 미끄러지고 몸이 가파르게 기울었다.

나루는 자신만의 취침 패턴이 있었다. 똑바로 누워 이불을 코까지 끌어올려 덮곤 했다. 베개에 머리만 대면 잘 수 있는 습관이 부러웠더랬다. 그날은 안 자고 밤새 옆에 있어주겠다고 했으면서 새벽이 되기 전에 어김없이 똑바로 누워 잠들었다. 고른 숨소리를 듣고 있으려니 문득 가슴이 벅차올랐다. 이 순간이 영원하기를 바라던 여명의 끝자락에서 유독 붉게 빛나는 별을 발견했다. 화성이었다.

눈송이가 비스듬히 떨어져 내린다. 무수한 빗금 사이로 은행나무가 솟아오른다. 초록색과 노란색에 하얀색을 더한 눈더미가 둥근 능선을 그린다. 그 위에 소담스럽게 내려앉을 것처럼 멈춰 있는 둥근 달이 사실은 가로등이 아닐까 의심하는 순간 눈송이 하나가 혀 위에 점을 찍고 사르르 소멸했다.

---

* 케슬러 신드롬(Kessler Syndrome): 1978년 NASA의 과학자 도널드 케슬러가 처음 주장한 우주 재난 시나리오. 지구 궤도의 우주 잔해물(space debris) 밀도가 임계점을 넘었을 때 인공우주물체 간의 충돌로 생성된 파편이 다른 인공우주물체를 타격하는 식으로 반복되는 연쇄충돌 현상.

* 최은정의 《우주 쓰레기가 온다》(갈매나무, 2021년)를 참고했습니다.

고통의 벽지화

고민실의 소설집 《챗위스키봉봉》은 주거난과 안락사, 케슬러 신드롬과 AI 등 다채로운 소재를 풍부하게 다루어내면서도 저변에 깔린 지겹게 익숙한 생활을 놓치지 않는다. 흥미로운 점은 작가가 그토록 집요하고 정성스럽게 묘사하는 생활이 소설의 전면에 등장하지 않는다는 사실이다. 소설 속에서도 여전히 배경에 머무는 생활은 좀처럼 중심에 놓이지 않으며 여지없이 배경으로 밀려나고 만다. 그것은 서사의 큰 축과 무관하다는 듯이 습관처럼 성실하게 기록되어 있을 뿐이다. 다시금 후경화되는 생활이 문장 단위로 정갈히 누워 있음을 목도하면서 우리는 비로소 완벽한 벽지가 되어버린 우리의 생활을, 정확히는 생존을 향한 고투를 자각하게 된다. 그 어떤 소용돌이가 휘몰아쳐도 그것은 기하학의 무늬로 표면에 남을 뿐, 사회에 경종을 울리거나 꼴목할 균열이 되지 못한다. 노동하는 고통과 노동하지 못하는 고충에 이중으로 시달리며, 삶을 죽여야 생활을 영위할 수 있는 모순 속에 놓인 작금의 우리가 사는 내내 경험하는 압박감은 격렬하게 표출되지 않는다.

생을 지속하는 고통은 곳곳에 스며 있음에도 넘쳐흐르지 않는
다. 언제나 표면에 머물며 거슬릴 것 없이 자연스러워 보인다.
고요한 벽면에 잔잔하게 남아 있는 생활, 생활, 생활. 이 배경
은 결코 드러나지 않지만, 지워지지도 않은 채 소설에 얼룩져
있다.

　매 순간 앓으면서도 호소하지 못하는 이들의 삶을 비추는
맑은 표면이 되는 것, 그것이 고민실의 소설이 감당하는 자리
인 듯하다. 그 역할에 충실하기 위해 고민실은 아예 '거울 나
라'를 빚어내기도 한다. 〈거울 나라가 온다〉는 동화와 판타지
의 요소를 두루 갖춘 소설이다. 핵심 소재인 '겨울이 오게 만
드는 버튼'과 그 실체를 알아내려는 어른들, 그리고 어린 규이
가 늘어놓는 토끼에 관한 혼란스러운 이야기가 소설을 가득
채우고 있다. 그러나 우리의 눈을 사로잡는 참혹하고 매혹적
인 중심 사건을 떠받치는 것은 지극히 현실적이기에 눈에 띄
지 않는 폭력이다. 한국에 국제결혼을 하러 와 남편에게 매 맞
는 아내와 함께 맞는 딸, 그리고 이를 묵인하는 동네 사람들
과 개입하지 않는 공권력. 한 줄로 요약해도 새로울 것 없어 뉴
스거리조차 되지 않는, 그리하여 도리어 일상에 가까워 보이
는 이 구조적인 폭력은 풍경으로 새겨져 있다. 결혼 이주 여성
920명을 대상으로 한 조사에서 절반에 가까운 387명(42.1%)이
가정폭력을 경험한 적 있다고 답했다는 2019년 국가인권위원

회 통계가 이를 뒷받침한다.[•] 외국인이자 빈곤한 여성이기에 다중으로 소외된 이가 현실에서 겪는 고통은 서사에서 핵심이 되지 못하고 주변을 맴돌며, 규이의 엄마에게는 직접 발화할 기회조차 주어지지 않는다. 이러한 형식적 배제는 현실을 생생히 반영한다.

10월인데도 여름처럼 무덥던 이상기후 역시 실제 현실과 크게 다르지 않다. 밤나무에 버튼처럼 돋아 있던 "2센티미터 정도 되는 동그란 쇠"가 눌린 후에는, 나무껍질에 새겨져 있던 "이 버튼을 누르면 겨울이 옵니다"라는 글귀대로, 봄에도 폭설이 내리는 추위가 들이닥친다. 겉보기에는 불가항력적인 기후 재난이 세계를 바꾸어놓은 듯 보이지만, 실상 더위에서 추위로 그 방식만 바뀌었을 뿐 대부분 그대로이다. 이때 '겨울'을 홀로 계속 '거울'이라 읽는 규이의 오독이 어린아이의 미성숙이나 착오가 아니라 정치한 독해였음이 드러난다. 외부에서 들이닥친 피할 수 없는 재난으로서의 '겨울'은 규이에게는 이 세계를 반성적으로 되비추는 장치로서의 '거울'이다. 자신의 안위를 기준으로 세계가 제대로 돌아가고 있다고 판단하는 어른들에게는 "날마다 최저기온이 경신"되고 "감당하기 어려울 만큼 물가가 빠르게 상승"하며 기존의 체제가 무너지는 위기

● 〈가정폭력 '42%' 성적 학대 '68%'… 우리나라 '이주여성' 이야기〉,《세계일보》, 2019.1.29.

상황이지만, 규이에게는 엄마와 자신을 때리던 부친이 저체온증으로 사망하여 사라지고 새로운 가능성이 열린 것이 된다.

"어른들 없이 용케 한 달을 버텼구나"라는 말은 어른을 규이와 같은 아이를 보호하는 존재로 전제한다. 그러나 오히려 어른이 없었기에 규이는 한 달을 버틸 수 있었다. "이불이 아주 많았거든요" "이불 속에 있으면 괜찮았어요"라는 규이의 대답은 이불 속에서 혹한을 견딜 수 있었다는 말로 들리지만, 실상 그 안에서 "접시가 깨지고 후추통이 날아가"는 등의 가정 폭력을 견디었다는 고백이다. 집에 다녀간 경찰들은 규이와 엄마가 가정 폭력에 시달린다는 사실을 알았음에도 "아빠와 웃으며 이야기"하던 자들일 뿐, 아무런 도움도 되지 못한다. 규이가 숨어야 했던 것은 바깥의 추위 때문이 아니라 폭력을 묵인하는 자들의 냉기 때문이다. 그것은 경찰로서 책임을 다하지 않는 직무 유기이면서 공동체의 구성원으로서 아이를 보호하지 않는 방치이지만, 따라야 하는 "시골만의 정서"로 정당화된다.

지자체의 보조금을 받아 국제결혼을 한 김이 "술만 마시면 아내를 잡도리해서 이제는 신고도 안 들어"가고, 그 딸아이는 "멍든 팔을 숨기고 학교에 간다"는 사실은 동네의 공공연한 비밀이자 구태여 관여할 필요는 없는 개인사가 된다. 이는 공동체가 몇몇을 배제하고서 비합리적인 안정을 지속하는 기이한 체제 유지 방식이다. 그러므로 가정폭력범인 김을 신고하는 일은 시골의 불문율을 위반하고 이장을 번거롭게 만드는 "실수"가 된다. 폭력에 대한 마땅한 조치가 마을의 평온을 깨뜨리는 불의한 행위로 간주되는 것이다. 그러므로 "겨울의 겨울"이 너무 춥다고 말할 때, 어른들에게 그것은 버튼이 눌린 후의 이상기후를 뜻하겠지만, 규이에게는 자신과 같이 소외된 약자에게 유독 더욱 쌀쌀맞던 사람들의 온도일 것이다. "누가 버튼을 눌렀을까"라는 질문에 규이는 "전부요"라고 답하여 공동의 책임에 관해 묻는다. 이 대목은 약자를 착취하여 겨우 운용되는 세계에서는 강자 역시 평안을 누릴 수 없음을 환기한다. 그러므로 규이는 어른들의 시선에서 허언증을 지닌 아이가 되지만, 그야말로 구조적 진실을 간파하고 깊이 이해하는 존재다.

규이가 말하는 토끼는 이 세계를 이해하는 중요한 단서가 된다. 토끼는 포식자에게 잡아먹힐 수밖에 없는 연약한 존재이지만, "하나가 잡아먹힐 동안" "엎드려 모른 척"하여 다른 약자를 대리 희생시킴으로써 자신의 생존을 도모하는 영악한 방관자로 묘사되기도 한다. 이는 집에 온 경찰이 돌아가기만을 기다리며 "동굴 속"에 숨은 규이의 안타까운 최선과 딸에게까지 대물림되는 폭력을 끊어내지 못한 채 숨으라고 지시하던 엄마의 처절한 최선을 생각하게 한다. 규이의 언어를 따라

가보면, 그는 피해자임에도 자신과 엄마를 구할 수 없었음에 자책하고 있다. 또한 같은 약자이지만, 자기 말조차 제대로 알아듣지 못하며 보호자로서 아무것도 하지 못하는 엄마를 원망하기도 한다. 약자끼리 서로를 탓하며 폭력의 고리를 끊을 수 없도록 방치된 이 잔인한 세계에서 토끼는 무력한 피식자처럼 보인다. 그러나 토끼는 그와 같은 생태계를 교란할 위력을 지닌 존재이기도 하다. 규이가 들려주는, 토끼가 통제 불가능하게 증식했던 호주의 사례는, 아무리 비가시화하려고 해도 살아남아 기존의 질서를 무너뜨리는 균열적 존재의 힘을 생각하게 한다. 생존을 위해 숨어야 하는 존재이지만, 그 생존 방식이 또 다른 파국을 낳는 아이러니는 각자의 위치에서 살아남으려 서로를 외면해온 공동체가 이어질 때 함께 존속할 수밖에 없는 모순이 된다.

이토록 중요한 상징성을 지닌 토끼 이야기 역시 제때 교육을 받지 못한 아이가 현실과 구분하지 못하는 공상으로 여겨지며 배경으로 밀려나버린다. 이렇듯 중요하지 않은 것으로 분류되어 매끄럽게 깎여나가는 배경에 눈길을 주는 것이 고민실 소설을 읽는 첫 단계일 것이다. 이를 유념한 채로 다른 소설들에 주의를 돌려보자. 고민실 소설의 중심인물은 대체로 노동자다. AI가 대응하기 어려운 문의만 도맡아 상담하는 '선우'(〈챗위스키봉봉〉), 사업을 하다 실패하고 재택 아르바이트를 하는 '윤서'(《아빠는 비엘을 읽지 않는다》), 좁은 사무실에서 영문 모를 서류 떼는 일을 하는 '나'(《룸 ■ 룸》) "직장은 여러 번 바뀌었을지라도 두 달 이상 일을 쉬어본 적이 없는" '나'(《그만한 하루》), 상품을 수레에 담아 옮기는 '채집' 일을 연휴 전까지 반복하던 '나'(《연휴》), 미화원으로 일하던 나루의 엄마 '임지연'(《속삭이던 별들은 사라지고》). 이들에게 노동은 자아를 실현하는 동력이나 자본을 창출하는 수단이라는 의미가 지워진 채 생존하기 위해서라면 죽기 직전까지 지속해야 하는, 몸에 아로새겨진 운동 근육과 같은 것이다. 그것은 이름이나 나이와 같이 자기를 이루는 핵심 정보들을 잊은 상태에서도 맹목적으로 이어가야 하는 무엇으로 남아 있다.

〈연휴〉의 '나'는 AI에게 노동을 지시받으며 상품을 수레에 담는 일을 한다. '나'가 손목에 찬 AI가 탑재된 단말기는 노동자들의 작업량을 수치화한다. 소설의 배경은 현재와 근소한 차이를 보이는 근미래이지만, 노동량을 데이터로 환산하여 시시각각 평가하면서 언제나 미달만을 확인하려 드는 지금의 불안정한 노동 현장과 크게 다르지 않다. '나'는 지각으로 벌점이 쌓이면 해고당한다는 사실을 늘 의식하며 깊게 잠들지 못하는, 더불어 다음 달에 달성해야 할 목표율이 상승할 때면 압박감을 느끼는 성실한 노동자다. 연휴를 앞두고 술에 취해 잠든 그는 깨어나보니 집이 아닌 낯선 공간에 뉘어 일면식도 없는 "검은색 트레이닝복 차림의 사람"에게 돌봄을 받게 된다. '나'는 손발이 묶인 채로 기저귀가 채워지지만, 어떠한 설명도 듣지 못한다. 납치인지 꿈인지 모를 황당한 상황에서 '나'가 걱정하는 것은 단 하나, 이 연휴가 끝나기 전에 병가를 내 해고만은 피하는 것이다.

이름도 나이도 잊고 익숙한 환경도 잃은 '나'가 맹목적으로 매달리는 것은 오직 일자리다. 이는 "기계보다 우수하다는 증거를" 보일 때만 유지할 수 있는 것이며, 어떤 순간에도 사수되어야 하는 대상이다. 전사가 제시되지 않아 당황스러운 전개를 보이는 소설은 이 대목에서 기묘하게 친숙해진다. 정체성이 사라지고 신체마저 구속된 극단적 상황에서 '나'가 가장 먼저 걱정하는 것이 피고용 상태의 유지라는 점은 비합리적인 사고로 보이지만, 현실의 다수가 공감할 만한 필사의 감각이기 때문이다. 이는 자본주의 안에서 살아남으려는 본능이 노동의 지속에 대한 열망으로 체화된 결과다. "세상이 어떻게 돌아가는지 알게 될 즈음에는 이미 다른 세상이 도래해 있"듯이, 방에 갇힌 '나'가 받아들일 틈조차 주지 않는 급속한 변화들은 시간상으로는 "연휴 마지막 날 아침"에 이르는 일주일도 안 되는 기간에 이루어진다. 세계는 급변하지만, 인간의 이해와 적응 속도는 그에 미치지 못한다. AI에 의해 대체되고 말 인력인 '나'는 달라진 사회에 편승하지 못한 채 그저 로봇을 들이는 것보다 인건비가 저렴하여 사람의 일로 남아 있는 몇몇 노동에 안도한다. "그래도 똥은 사람이 치우는구나"하고 안심하는 '나'는 지켜야 하는 인간 고유의 영역이란 무엇일지 사유하지 않고 그저 해고를 유예받았다는 점을 위안 삼는다. "격류 속에서 비슷한 질감의 일상을 유지하는 것만으로도" 벅차는, 다수의 현대인을 대표한다고 보아도 무방한 전형적인 소시민 노동자인 '나'는 오로지 생존만을 목표로 삼지만, 일하지 않고도 돌봄 받으며 생존할 수 있게 되자 아이러니하게도 도리어 죽은 사람처럼 비친다.

소설은 방 하나만을 배경으로 삼는다. 그 무대가 변하는 내내 '나'는 방에 머물지만, 머무르는 동시에 뒤처진다. 자기 이름을 되찾는 일보다 콜라 한 캔을 마시고 싶다는 즉각적이고 소박한 욕망이 더 절실해지는 순간, 이 디스토피아는 거대한 파국이 아니라 일상의 미세한 결핍으로 체감된다. 그마저도 콜라가 단종되기 전에 성취될 수 있을 것인지 확신할 수 없는 이 세계는, 기술의 발전이 곧 인간의 제약을 극복할 길이라던 낙관에 의문을 제기한다. 누구를 위한 미래인가, 인간을 편안하게 한다는 기대에서 '인간'에 속하는 이는 누구일까, 자문하게 한다. 자본주의가 자본의 증식을 목적으로 삼아온 것처럼, 맹목적인 개발은 다음 개발만을 목표로 한다. 인간은 그 속도를 따라가지 못한 채 그때그때의 편리함을 추구하며, '그래도 더 편리해지기는 했다'고 스스로를 달랜다. 그러는 동안에 한 사람 한 사람의 고유함과 서로에게 얽히던 관계, 인간이 축적해온 문화와 가치들은 점차 소거된다. 간헐적으로 들려오는 텔레비전 광고 소리와 과거를 떠올리게 하는 미각과 촉각의 환상만이 남아 잃어버린 삶의 질감을 희미하게 환기할 뿐이다.

이토록 극단적인 미래까지 상상해보지 않아도 살아남기 위해 생존권을 버리는 모순적인 삶의 형태를 우리가 이미 수용해왔음을, 고민실은 확인하게 한다. 〈룸 ■ 룸〉의 '나'는 무리해서 마련한 새집으로 이사하기 이틀 전에 해고당한다. 급하게 구한 일은 두 평 남짓한 셰어형 원룸에서 서류를 떼는 업무다. '나'는 가스 요금을 아끼기 위해 사무실 화장실에서 샤워를 하고 공용공간 세탁기로 빨래를 한다. 난방비를 아끼려 일찍 출근하고 늦게 퇴근하다가 점차 집이 아닌 사무실에 거주하게 된다. 대표가 언제 들이닥칠지 모르기에 침낭을 사서 사무실 옷장 안에 숨어 잔다. 이런 '나'는 자신의 업무가 전세 사기와 관련한 일임을 눈치채지만 "불운을 행운으로 바꾸는 일을 하는 회사"라고 애써 긍정하면서 더 알지 않으려 노력한다. "그만 예민해지기로" 하면 무엇에든 눈을 감고 둔감해질 수 있다. 민감해지는 것이 아니라 둔감해지는 방향으로 나아가야만 생존에 유리해지는 '나'의 사정은 유별나게 이기적인 것도,

특출나게 불행한 것도 아닌 현대의 일상처럼 체감된다. 궁상 맞은 '나'의 생활 방식은 생존하기 위한 분투임에도, 그 격렬한 발버둥은 CCTV에도 남지 않을 적막으로 남는다. '나'가 사는 공간은 채광 좋은 원룸에서 셰어형 원룸(사무실)으로, 그중에서도 옷장 안의 침낭으로 점점 더 좁아진다. 소설의 마지막에 이르러 우리가 발견하는 검은색 네모 한 칸이 '나'가 차지할 수 있는 유일한 공간처럼 보이기도 한다. 완강기 사용 방법도, 고리에 걸 완강기도 없다는 위험을 지각했음에도 어쩔 수 없이 둔감해지기만을 택해야 하는 '나'의 생존법은, "옷장 안에 누운" 채로 화재에 노출되는 생존 실패로 이어진다. 그러나 생존하기 위한 발버둥이 삶에서 멀어지는 지름길을 내고 있었던 모순이 '나'의 미련함과 어리석음에서 기인한다고는 볼 수 없다. 오로지 자기 생존에만 몰두하던 이들이 조금씩 서로를 베면서, CCTV 화면처럼 공간을 분할하고 서로를 어찌 살든 관여할 바 아닌 타자로 분리하고 예산을 줄이기 위해서는 줄여도 되는 입으로 치부하면서 결국엔 잔혹하게 서로의 생존권을 박탈하게 만드는 구조를 구축하고 이를 방임해온 것이 궁극적인 원인이다. 그러나 이 역시 99쪽의 검은 상자 크기의 그을음으로 남을 뿐이다. 효율적인 생존은 삶을 온전히 죽일 때만 가능한 것이며, 우리의 고통은 한 점 그을린 자국을 피운다. 그게 다라는 듯이.

그렇다고 해서 고민실이 편리함을 좇지 말고 느슨하고 느린 과거의 아날로그 시대로 돌아가자는 단순한 주장을 하는 것은 아니다. 그렇기에 소설집은 더욱 복잡해지면서 겹을 획득한다. AI가 대처하기 어려운 문의만 도맡아 상담하는 〈챗위스키봉봉〉의 '선우'는 일상에서 AI를 잘 활용하는 인물이다. 쇼핑에도 도움을 받고 메시지를 전송하거나 읽을 때도 챗지피티를 이용하며 이로부터 정서적인 위안까지 얻고 있는 선우는 AI에 의지한다. 선우는 직장 동료이자 관리자인 남자가 업무 내용을 전달할 때 길고 다정한 인사말을 덧붙이거나, 상담 전화를 받아 키오스크 사용이 어려운 어르신들에게 정서적으로 공감하며 친절을 베푸는 것을 부정적으로 바라본다. 불필요하게 긴 대응은 상담 대기자들을 기다리게 하는 일로, 요청한 매뉴얼 작성을 미루면서까지 미사여구를 작성하는 것 역시 소모적인 일로 여긴다. 선우도 그의 방식을 따르려고 노력해보지만, 상담 대기가 길어져 화내는 고객이 늘어날 뿐, 최저시급을 받으며 부족한 시간을 쪼개어 고객 하나하나에 정성을 쏟기에는 무리가 따른다. 이후 남자는 반응이 느린 어르신들에게 월정액 가입을 유도하는 회사 방침에 분통을 터뜨리다가 자신은 "마음이 여려서" 일을 그만두게 되었다고 선우에게 말한다. 편리함만 좇으며 인간다움을 잃어가는 세태와 직장의 부정한 이윤 추구 방식을 비판하는 그의 의견은 사뭇 정당해 보이지만, 이는 회사의 방침에 저항하고 직장을 선택할 수 있는 그의 위치를 노출한다. "스위스에 다녀온 부모님이 위스키봉봉을 잔뜩 사 왔다거나, 주말에 모임이 없으면 전시회장이라도 다녀온다거나"하는 그의 비교적 여유로워 보이는 생활 방식은 생계유지를 위해 일을 관둘 수 없는 '나'에게 위화감만을 선사한다. 키오스크 사용법을 상담해주던 회사는 이후 "디지털 배리어프리 AI 키오스크가 출시"되면서 자취를 감춘다. '나'는 편리와 효율을 추구하지 않아도 경제적인 여유가 있어 선택권이 남은 '그'가 주던 생경한 이름의 주전부리들이 재확인시킨 위계와 그로 인한 상흔을 어색하게 곱씹어볼 뿐이다. 기술의 혁신을 단선적으로 비판할 때, 기술의 도움이 절실하거나 그러한 기술을 수용하는 것 외엔 선택지가 없는 이들이 놓인 사각지대는 가려진다. 더 나아가 기술 역시 자본이 있는 사람들에게만 차등적으로 열려 있다는 점까지 고민실은 여실히 보여준다.

자본주의가 지속되는 한, 혁신적인 기술이 개발된다고 하더라도 기술을 사용할 자본이 있는 인간과 그렇지 못한 인간으로 나뉘어 빈부격차는 더욱 극심해질 것이라는 전망은 〈그만한 하루〉에서 구체적으로 형상화된다. 연명치료를 중지하지 못해 고생했던 아버지와 달리, 안락사법이 통과된 후 어머니가 원하는 대로 안락사를 선택한 '나'는 그 죄책감을 떠안고

서 자신 역시 안락사하여 "일관성"을 유지하려 한다. 그러나 생을 마감하려 하는 '나'에게는 시신을 수습하고 화장까지 진행하는 서비스가 탑재된 안락사 조력 캡슐 '에그'를 구매할 자본이 없다. 치매에 걸린 '나'는 에그를 훔치겠다고 마음먹고 계속해서 도둑질을 시도하다 발각된 것으로 보이나 그 사실을 기억하지 못한다. 안락사 조력 캡슐을 통해 시체까지 깔끔하게 처리해 민폐가 되지 말아야 한다는 마지막 욕구만이 남은 채로 기억하지도 못하는 하루하루를 반복해온 '나'는 에그를 훔치러 다니는 할머니, "에그머니"가 되어 조소거리로 남는다. 이 안타까운 반복 안에서 우리가 발견하는 것은 자본 없는 자들이 지닌 생존에 대한 갈망도, 생을 중단하기 위한 사투도 모두 또 없을 "그만한 하루"의 미적인 풍경처럼 남아 있다는 기묘한 징그러움이자 참혹한 아름다움이다.

　그렇다면 따를 수도 거부할 수도 없는 이 흐름 앞에서 우리가 회복해야 하는 감각은 무엇일까. 매력적인 제목을 지닌 〈아빠는 비엘을 읽지 않는다〉에서 답을 찾을 수 있을 것 같다. 서른여덟 살 윤서는 사업에 실패한 후 아빠 동규 씨가 사는 투룸에 얹혀살게 된다. 윤서가 품었던 바람은 두 가지다. 하나는 화목한 가정을 가지고 싶다는 것, 다른 하나는 사랑받고 싶다는 것. 전자는 아빠 동규 씨와 함께 소설을 읽는 것으로 표현되고, 후자는 아픈 딸을 돌보지 않는 아빠에게 "나 아파요"

라고 명료하게 전하는 것으로 표출된다. 어린 시절 윤서는 동규 씨가 대여점에서 빌려온 책을 함께 읽었다. 나란히 앉아 독서하고, 엄마 현숙 씨가 금지한 추리소설을 꺼내 읽을 때면 제지하지 않는 그와 둘 사이의 비밀을 만들던 시간은 부녀가 서로를 조금씩 이해하게 한다. 이후 웹소설 플랫폼이 활성화되자 윤서는 전자책을 결제해 핸드폰으로 소설을 읽지만, 동규 씨는 이 흐름을 따라가지 못해 오래전에 내려받은 소설만 반복해서 읽을 수밖에 없게 된다. 이는 시대 변화에 대처하는 세대차를 상징적으로 드러내며 윤서와 동규의 삶이 얼마나 다른지를 가늠하게 한다. 소원했던 둘 사이는, 윤서가 동규 씨 핸드폰에 웹소설 앱을 깔아주고 아이디를 공유하면서 좁혀진다. 윤서는 읽은 목록을 통해, 가부장제를 전복하는 내용이라도 재미만 있으면 의외로 수용한다거나 실제 자신과 너무 가까운 현대 직장인 이야기는 피하는 동규 씨의 독서 성향을 파악하면서 그를 조금씩 이해한다. 이때 윤서는 구매 내역에서 삭제한 소설을 내려받는 법을 터득한 동규 씨가 자신이 구매한 비엘을 읽었다는 사실을 알게 된다. 비엘 소설을 숨기려던 윤서는 그대로 자기 취향을 들키기로 마음먹고 아버지에게 저간의 사정을 다 말하지 않고도 조금은 털어놓은 듯한 마음이 된다. 윤서는 남성인 동규 씨가 자신과 같은 여성 독자가 하는, 온통 남성 주인공뿐인 소설을 여성의 경험으로 바꿔 읽는 수고스러운 우회 작업과 별다른 점검 없이 서술되는 여성 혐오적인 내용을 애써 무시하는 등의 해석 노동을 하지 않아도 되기에 비교적 자유롭게 독서했으리라고 짐작한다. 이는 윤서에게 상대적 박탈감을 주지만, 아빠 취향의 책을 따라 읽기만 하던 윤서가 자기 취향의 소설을 사 모으고 그것을 아빠가 따라 읽게 되는 역전은 모종의 해방감과 관계가 개선되리라는 기대감을 선사한다.

이렇게 조금씩 부녀가 섞이는 과정은 '푸스르는' 시간이 된다. 엄마 현숙 씨는 밥을 휘젓되 그 밥알들이 뭉개지지 않고 숨을 쉬게 하는 행위를 '푸스른다'고 표현한다. 서로 섞이되 한쪽으로 완전히 동화되는 것이 아니라 각자의 숨통이 트이도록 두는 일은 사람 사이의 관계에도 적용될 수 있다. 그리하여 남김없이 먹어치우지 않고 남겨둔 간식의 반, 비엘을 두고 "이런 걸 왜 보냐"고 묻는 동규 씨에게 "요즘 유행이야"라고 되받아치는 말, 서로 읽은 소설을 공유하는 앱, 아픈 딸에게 차려주는 밥은 관계의 장벽을 허무는 역할을 한다. 서로의 삶을 상상하면서, 서로가 바뀌기를 조금씩 포기하되 영영 놓치지는 않도록 존중하는 것이야말로 사이를 푸스르는 일이 된다. 우리가 되찾아야 하는 것은 편리를 맹종하거나 무조건적으로 반대하는 태도가 아니라, 효율적인 자기 생존에만 매몰된 시선을 조금씩 서로의 생존에까지 넓히는 자세이다. 그러면서 생존을 위해 바쳐진 삶을 약간씩 길어 올려 나누는 것, "평범한 일상은 거저 주어지지 않고 애써 일구어야 겨우 마련되는 사치재"(〈속삭이던 별들은 사라지고〉, 221쪽)인 이 세계에서, 그 뒤섞임이 숨 막힘이 아니라 서로에게 숨을 불어넣는 일이 되도록 하는 것일 테다. 각자의 호흡을 재단하지 않으면서도 타자를 상상하고 그와 얽히려 할 때, 현재의 쓰레기들을 밀어 넣어 버린 포인트 네모로서의 미래와는 다른 모양의 미래를 떠올릴 수 있다.

벽지는 휘황찬란한 고통으로 마구 일그러져 있을 때도 여전히 벽지일 것이다. 단, 우리 삶이 새겨가는 궤적에 손을 가져다 대면, 이는 점자처럼 돋아나 우리를 깨울 수도 있다. 고민실의 소설집을 펼쳤다가 심장을 베이고서 생존이 아니라 살만한 삶을 생각하게 된 우리가 그러하듯.

저자 후기

아버지와 게임에서 가끔 만난다. 얼마 전에는 아이템도 받았다. 대수롭지 않은 사소한 일일진대 마음속에 잔물결이 인다. 그 이유를 설명하려면 가족의 역사가 필요하다. 우선 아버지와 나는 게임을 이십 년 넘게 해왔다. 기술이 발전하고 콘텐츠가 다양해지면서 같은 게임을 하는 일이 드물어졌다가 다시 한 게임에 모이기까지 긴 세월이 굽이굽이 흘렀다. 싱글플레이만 하던 아버지가 멀티플레이에 적응하는 데에도 시간이 꽤 걸렸다. 어려워서 못 하겠다고 하시는 걸 동생과 내가 번갈아 꼬셨다. 이제는 도리어 아버지로부터 게임 아이템을 받기에 이르렀다. 여전히 채팅은 익숙지 않아 같이 플레이하거나 아이템을 주고받으려면 일일이 전화해야 한다. 그 시간을 나는 좋아한다. 자기 이야기를 잘 안 하는 분이 게임 이야기는 곧잘 하시니 목소리를 오래 듣는 수단으로 이만한 것이 없다. 덕분에 아버지와 취미를 공유한다는 귀한 경험을 하고 있다. 그리고 경험은 자연스럽게 변형되어 소설에 스며든다.

세 번째 책이자 두 번째 단편집이다. 역시나 숫자만으로는 표현하기 힘든 경험이 곳곳에 묻어 있다.

하나는 토지문화관에서 초고를 썼다. 더없이 좋은 기회였던 만큼 충만한 하루하루를 보내기 위해 노력했고 감사하게도 좋은 분들을 만나 뜻깊은 한 시기를 보낼 수 있었다. 아침에 안개가 자욱한 길을 걸어 올라가 바라본 정경이 없었다면, 같이 산책하며 받은 조언이 없었다면 어떻게 완성할 수 있었을지 상상하기 어렵다.

하나는 첫 번째 단편집을 내기 전에 발표한 소설이다. 당시에 다른 수록작들과 결이 다른 듯해 빼두었다가 이번에 비로소 같이 묶게 되었다. 긴 세월이 흐르는 내용인데 공교롭게도 실제 시간도 훌쩍 지나버린 탓에 일부 설정을 살짝 고쳐야 했다. 그런가 하면 바로 얼마 전에 쓴 소설도 있다. 마지막까지 퇴고를 거듭하여 빠듯하게 완성하는 바람에 덩달아 고생하신 이승현 편집자에게 심심한 사과와 감사의 마음을 전한다. 세심하게 읽어주셔서 믿고 더 마음껏 고친 감이 없지 않았다. 의지할 수 있는 편집자를 만나 행운이라고 생각하지만 그 과정에서 안겨드렸을 노고를 생각하면 몸 둘 바를 모르겠다. 그저 고개 숙여 감사드릴 따름이다.

하나는 서울프린스호텔에서 첫 문장을 썼다. 집필을 시작하기 전에 읽어두고 싶은 책이 많아서 완성에까지 이르지는 못했지만 덕분에 본래 힘들었을 여름이 쾌적하고 다정한 기억으로 남았다. 내내 친절하게 대해주신 호텔 임직원분들에게 이 자리를 빌어 깊은 감사를 전한다.

하나는 완성하는 데에 일 년 가까이 걸렸다. 수술 후유증으로 한동안 집필을 하지 못했다. 일상을 영위하는 데에는 무리가 없었기에 그것이 정말 육체만의 문제인지 작가로서의 부침인지 판단하기 어려웠다. 그래서 운동을 했다. 맛있는 걸 먹고, 좋아하는 사람을 만나고, 여행을 다녀왔다. 회복 기미가 보이면서 가슴을 쓸어내리고 한계라는 겸손을 배웠다. 쓸 수 있다. 그 사실 하나가 주는 순수한 기쁨에 압도된다. 집필이 마냥 즐겁기만 할 수는 없지만, 즐겁지 않다면 계속하기 어려운 것도 사실이다. 과정에 굴곡이 많았음에도 줄곧 도전 의욕을 놓지 않았던 소설이다.

돌이켜보니 새삼 많은 사건과 만남이 있었다. 그동안 옆에서 함께해준 이들에게 고맙다는 말을 전할 기회가 주어져 기쁘다. 의지한 만큼 의지되는 사람이어야 할 텐데, 언제나 부족함을 느끼며 미안하고 또 감사하다. 줄곧 격려해주신, 최근 몸의 한계를 통과했을 이모에게도 응원과 감사의 마음을 보낸다.

게임에서 새 에피소드를 업데이트하는 걸 시즌이 열린다고 표현한다. 책이라는 하나의 시즌을 가장 먼저 맞이하셨을 성현아 평론가께 깊이 감사드린다. 앞으로 플레이해줄 독자분들에게 미리 무한한 애정과 감사의 인사를 바친다.

챗위스키봉봉

1판 1쇄 인쇄 2026년 3월 11일 **1판 1쇄 발행** 2026년 3월 25일

지은이 고민실
펴낸이 박강휘
편집 이승현 박규민 **디자인** 유향주
마케팅 박유진 이수빈

발행처 김영사
주소 경기도 파주시 문발로 197(문발동) 우편번호 10881
등록 1979년 5월 17일 (제406-2003-036호)
구입 문의 전화 031)955-3100 **팩스** 031)955-3111
편집부 전화 02)3668-3270 **팩스** 02)745-4827 **전자우편** literature@gimmyoung.com
비채 블로그 blog.naver.com/viche_books
인스타그램 @drviche @viche_editors **X(트위터)** @vichebook
ISBN 979-11-7332-491-8 03810 책값은 뒤표지에 있습니다.

비채는 김영사의 문학 브랜드입니다.